寂寞無上限。

橘子作品04

Lonely As the Night is Long.

自序

這本書我很少提及它，我甚至有點刻意忽略它，並不是不滿意或其他什麼的，相反的，我私心喜歡它們，只純粹它是在我面對感情挫敗，心情最混亂時寫下的小說，故事的本身是虛構的，但裡頭的心情是真實的；當你們閱讀它時，看到的或許只是個故事，然而我自己，看到的卻是當時那個面對挫敗不知所措的我。

我接受失敗，可是我不太願意面對失敗；我後來學會把失敗留在原地，然後我自己，繼續往前走。

如果沒記錯的話，《寂寞，無上限》是在《不哭》的前後完稿的，在我自己的眼睛裡，我是這麼看它們的：

《不哭》和《寂寞，無上限》，我，再也寫不出它們的第二部了。

橘子

自序

c o n t e n t s

關於妳

》記得《

◆之一

早已經過了教情歌給惹得淚流的年紀了呀！

當妳開著車，方才從採訪的勞累中歸來，在途經加油站、順道繞進加油時，此時廣播中正播放著張惠妹許久以前的那首〈記得〉緩緩地滑進妳的耳膜，就是在這個當下，妳突然湧起了這樣的感觸——

真的都已經過去了呀！那段每聽〈記得〉必然惹妳淚流的時光。

記得。

念頭一轉，妳將車停在一家空盪盪的咖啡館前，接著妳推開大門，妳要了一杯熱的卡布奇諾，本來是想要好好的整理一番方才的採訪稿，但不知怎麼的、當妳打開 notebook 的時候，妳開始整理的，卻是記得這首歌之於妳的前後經過。

妳還記得當妳遇見小謙時，正是妳展開那段愛情的最初，當然妳也沒有忘記，當妳黯然地結束那段感情時，妳開始真正認識小謙，這個男孩。

前後不過一年，從開始到結束，或者應該說是，從開始、到真正認識。

那年妳二十二歲，正意氣風發的從高雄餐飲學院畢業，不知道是什麼緣故，妳決定留在高雄、選擇那新開幕的飯店展開妳的未來；不，其實妳知道為什麼，只是真正的原因妳從來沒有對誰據實以告過，就算對象是他亦然。

妳畢竟，太好面子。

之前妳只見過他一次面，而前後交談過的話語則不超過個位數那樣的程度；他是你們導師在美國留學時的學弟，那天他到學校去拜訪你們導師時碰巧妳也在場，他打斷了妳和導師的聊天，但奇怪的是，妳一點也不感覺生氣。

「這是我最頭痛的學生，課是不怎麼常來、但實習表現卻優秀得嚇人，總之是那種知道自己要什麼以及不要什麼的聰明人。」

妳的導師這樣半開玩笑似的介紹妳，然後妳看見他眼底有道光，妳當時覺得有點昏眩，妳不知道為什麼，妳突然不再是平時那個伶牙俐齒的令導師頭疼的學生。

妳居然頓時變得笨拙，在他面前，妳變得拙於言語。

接著從他們的閒談當中，妳知道他方才回國接下那新開幕飯店的餐廳經理職位，妳知道他在學校時也是不怎麼上課但成績卻優秀得嚇人的聰明頭疼學生，妳知道他那天才找到一層視野很棒的公寓、行李尚未整理就擱著臨時起意前來拜訪妳的導師；妳看見他高大英俊，妳並且看見他善於穿著以及言語，妳還知道他身上擦的香水是黑色瓶身的CK-BE。

「是CK-BE的香水嗎？」

當他臨走時妳突然冒出這麼一句話，妳感覺有點意外，妳原以為妳只是在心底自問，但沒想到妳竟然說了出口。

「連鼻子也很聰明嘛這小女生。」

他笑著說。

因為我也擦CK-BE的香水。妳以為妳這麼回答了，但是結果妳沒有。

「不過、聰明的人總是活得比較辛苦哦。」

他笑著又說，並且筆直的凝望著妳。

妳不知道他是在說妳、又或者他自己；但後來妳才知道的是——你們。

昏眩。

「本人謹代表本飯店歡迎聰明的餐飲人才，尤其是漂亮的那種。」

這是那天他對妳說的最後一句話，他並且同妳握手，妳是那麼的驚訝於他手掌的溫柔厚實、細緻柔軟；那很明顯的是一雙從來沒有幹過粗活的手，那無形的是一雙改變了妳的人生的手。

於是畢業時當每個人都猶豫著該繼續升學又或者直接就業時，妳得到一紙導師的推薦信，妳連同履歷表寄去了他所屬的飯店，不久之後妳接到了面試的通知，然後妳被錄取。

妳於是走入他的人生，又或者應該說是，他走入妳的人生。

他負責所有餐廳的最高決策，而妳所屬的餐廳只是其中之一，妳偶爾會看到他陪著suit guys到你們的餐廳用餐，他總是會抽空走近同妳閒聊幾句，但總是不會超過個位數的那種程度，因為他忙。

妳從來沒有在員工餐廳遇見過他，顯然他擁有的是慣於美食的味蕾，並且不肯妥協。

但妳偶爾會在吸菸室撞見他。

「嗨！」

那是你們第一次在吸菸室遇見的情形，當時妳的第一個反應是轉身想走。

妳其實並不介意讓人知道妳是個吸菸者，但不知道為什麼在他面前妳卻發現妳很介意。

「妳也抽菸呀？」

「欸。」

妳只得承認，並且在他身邊坐下，燃起在他面前的第一根香菸。

妳有點忘記那次你們聊了些什麼，但妳清楚的記得隔天上班時妳趁著沒人注意的空檔偷偷翻開那主管級的聯絡表，妳以驚人的記憶力迅速記下他的手機號碼，然後匆匆抄下，像是個正準備犯罪的小偷那樣，當妳回過神時妳覺得自己真是可笑。

但妳始終沒有勇氣撥出那十個數字，儘管妳仔細妥當的將它輸入於妳的手機裡頭。

那麼、你們又是怎麼開始的？妳相當仔細的回想著。

在吸菸室的偶爾巧遇逐漸變成一種默契，在暫時卸下工作的疲累以及尼古丁的圍繞下，妳開始能夠輕鬆的同他聊天，聊工作、聊人生、聊未來、聊美食；妳發現妳好喜歡同他聊天，他有時似個溫柔的長者給予妳許多的意見，有時又似個親密的朋友同妳玩笑，妳並且發現你們在許多地方上竟是如此相似的兩個人，妳感到快樂、和他在一起時。

妳難免懷疑會不會他其實也對妳抱持著好感，但妳始終怯於確認，他畢竟像是個遙不可及的美夢，在妳眼中，當時的妳的眼中。

妳認為單戀是種笑話。

妳畢竟、太好面子。

妳記得那天是聖誕夜，你們簡直忙翻了，超額的訂位、持續walk in的情侶……整個聖誕夜之於你們而言就是忙碌忙碌忙碌，妳甚至忙得就是連休息抽根香菸的這件事情都忘記；而當妳再想起這件事情的時候，是因為接到了他打來的電話。

妳常在想，如果那時候不是因為正巧妳站在櫃檯旁邊、於是正巧由妳接起電話，那麼、你們之間是不是就會不一樣了？

妳不知道，妳不想知道。

妳寧願相信人世間所有的一切都是在冥冥之間早有註定的。

妳寧願相信。

電話接起，聽筒裡傳來他神采奕奕的聲音，他打來是慣常的關心你們這個廳在聖誕夜的營業狀況，妳簡短的報告之後接著問他要不要請你們副理接聽？他笑著說不用了，然後他問，他問：

「下班後有節目嗎？」

「咦？」

「願意和一個歐吉桑去迎接 Xmas 嗎？」

「歐吉桑？」

「我呀！過了今天我就要變成二十七歲的歐吉桑了。」

「今天你生日？」

「是呀！肯賞光嗎？」

「好呀。」

好呀！妳說好呀，本來妳想再多說一句「這是我的榮幸」，但結果妳竟快樂的連這句話都忘記。

那是你們愛情的起點。

◆之二

他是妳遇見過最擅長約會的男人，你們總在下班後、休假時駕著他的 NISSAN SENTRA 四處吃喝玩樂泡溫泉看煙火，妳喜歡按著手機裡的回撥鍵看著通話總是被他的名字所佔滿的紀錄，正如同妳喜歡坐在駕駛右座凝望著他自信駕駛談笑風生的姿態，妳幾乎感覺到一股驕傲——每當有他在身邊的時候、妳以擁有這樣的一個男人為榮。

「妳該有駕照的，妳看起來實在不像是不會開車的女孩呀。」

當他知道妳尚未學開車時，在驚訝之餘、他如此說道。

「我沒時間學嘛。」

妳這麼回答，但其實妳想說的是：我已經有了你呀！我就是只喜歡坐在你的右座嘛！

但妳沒這麼說的原因是，那樣的回答未免太過小女人，那不是他眼中的妳該有的模樣，雖然那或許是妳真實的樣貌。

但確實妳也沒有餘裕的時間學習開車，妳的時間幾乎被工作以及他所佔滿，在這期間妳順利通過升遷，其他人的閒言閒語在所難免，但妳不介意，妳知道那絕對不只因為他是妳男友的緣故，而是由於妳自身優異的工作表現，妳一直就清楚自身的能力以及聰明，妳甚至曾經在心底偷偷期待過、或許等妳到了他的年紀時還會超過他當時的成就也不無可能。

妳一直深信著你倆的未來是緊密結合的，畢竟你們是如此相似並且契合的兩個人，直到——

直到隔年的跨年夜。

妳察覺到那陣子的他常是心不在焉，妳隱約發現他像是被什麼困擾所包圍住，妳擔心著卻不知道該如何開口問，因為你們早已習慣了他想說的事自然會說、而不想說的再怎麼追問也沒有用的相處模式。

妳已經習慣了由他主導的相處模式，或者應該說是默契。

「我想去台北。」

這是倒數完之後，他開口說的第一句話。

「去台北？」

「有個更好的工作找上我。」

接著他說了一間飯店的名字，那是台北最頂尖的飯店。

「什麼時候？」

「快的話下個月吧，我辭呈已經遞了。」

「怎麼這麼突然？」

「不，其實不會突然，這本來就在我的生涯規劃裡，我不應該是被困在這種地方的人。」

「這種地方？那我呢？我不在你的生涯規劃裡嗎？」

沉默。

「不然我也去台北好了。」

「只因為我要去台北嗎？」

「你不想我跟你去嗎？還是這樣我會妨礙了你完美的生涯規劃而我卻還一廂情願的以為你想我們在一起？」

「不要反應過度了好嗎？我只是認為妳該有自己的生涯規劃，而不是用別人的人生來規劃自己的人生。」

「這樣不行嗎？」

「聽我說、我並沒有不要妳來台北，我只是覺得妳不應該是——」

「為別人而活的蠢女人？」

「我以為妳是個有自我主見的女孩。」
「去你媽的自我主見！」
「別這樣。」
「It's bullshit!」

離開駕駛右座妳摔了車門，從此沒再坐上去過一次。

每當妳回想至此，其實妳也承認當時他所說的一切並沒有錯，妳不明白為什麼他的一個決定竟會教妳打亂了腳步失去了安全感；如果當時妳能平心靜氣思考規劃、就像他說的那樣，或許你們仍能繼續交往，可能你們會兩地相隔一陣子，但最後你們的未來依舊仍能交會，你們的愛情將不會如此不堪一擊。

只是當時的妳教或許就要失去愛情的不安給嚇壞了，在那個當下妳失去了所有的理智，這是妳最生氣的一點，你們的愛情教妳失去了理智，卻不影響他的、理智。

妳覺得他愛得不夠深，而妳、卻太過；當時的妳這樣認為，固執的認為。

妳賭氣請了一個月的長假，名義是要去遊學，但其實妳哪也沒去、妳只是害怕在飯店裡遇見他，妳害怕那些好事者的閒言閒語會將妳擊潰、在妳最脆弱的時候；妳自己也不明白為什麼要做得那樣決裂、但妳知道妳做不到從他身上感覺到別離的氣味，妳害怕親眼目睹他的離去，那會教妳崩潰。

妳知道妳其實只是輸不起。

妳確實是需要休息，但妳已經不知道該怎麼休息，妳不知道一個人該怎麼休息，妳好久不曾體驗過整天的時間全是自己所擁有的那種滋味；妳每天不知道為什麼醒來、為什麼睡去，妳每天的生活重心就是將自己梳洗乾淨打扮妥當，然後走一段長長的路到那家咖啡館去和自己待上一個下午。因為那咖啡館有妳喝過最香濃的卡布奇諾。

就是在那家咖啡館裡，妳遇見了小謙、這個男孩，在那家有妳喝過香濃卡布奇諾的咖啡館裡，這個臉上總是帶著陽光笑容的，孩子氣的男孩。

「嗨！好久不見！」

這是小謙開口對妳說的第一句話，當他為妳端上那杯香濃的卡布奇諾時，妳有些遲疑的打量著眼前這個滿是陽光笑容的大男孩，試圖搜尋熟悉的記憶片段，但卻怎麼也徒勞無功，除了那似曾相識的陽光笑容。

「真的好久沒看妳來我們店裡了耶！還以為是我做的卡布奇諾讓妳失望所以不來了咧。」

「你在這裡工作呀？」

「打工。」

接著妳知道這個男孩叫作小謙，當妳第一次踏進這家咖啡館所點的那杯卡布奇諾正是他的處女作品，妳繼續又知道了小謙現在是大三的學生，趁著空堂的時候會留在店裡幫媽媽的忙，還有，小謙說『媽媽』的語調孩子氣得可愛。

「真的很冒昧呀！不過我看妳從剛才就一直低頭在寫東西，是小說嗎？」

「嗯？不是，只是隨便亂寫的而已。」

妳微笑著回答，覺得有些莞爾、連妳自己都沒有發現這個下意識的舉動；妳常會一邊聽著歌曲一邊就將歌詞抄下，那是妳從前訓練外語聽力時的習慣，而如今成為妳打發時間的下意識行為。

「因為我姐姐是個作家，她最常泡在咖啡館裡寫東西了，就像妳這個樣子。」

那是寫作這件事情第一次出現在妳生命，當時妳並不知道這往後會變成妳的謀生工具，因為小謙的一句無心話語、促成妳的偶發念頭；而至於妳花費了時間金錢去學習的餐飲，則變成是一種回憶。

之後妳每天固定會上這咖啡館，喝一杯卡布奇諾、和小謙說上大量的話，那是這一個月當中妳唯一開口說話的時刻；就像是一種默契那樣，妳開始知道小謙通常是晚上會在店裡，而那天的邂逅純粹出自於巧合，妳於是變成了晚上來到這咖啡館，而原來漫長的下午時段妳則開始嘗試寫作。

妳也忘了是從哪天開始，妳依舊是走一段長長的路來到這咖啡館、只是變成由小謙騎車送妳回家。

但妳記得小謙的笑容，是那季冬天裡妳最大的溫暖。

接著一個月的時間過去，妳知道，該是回去的時候了。

妳打開空白了整個月的手機，妳看見一封遲來的簡訊——

『如果妳的選擇是結束，那麼我尊重妳的選擇，雖然那從來就不是我的想法，Be good』

「怎麼了嗎？」

此時此刻小謙的聲音在妳身邊響起、將妳從一個月前傷心的決裂拉回了現實，妳怔怔的凝望那張孩子氣的俊顏、一句話也說不出來，不知怎麼的、妳突然又想起——

妳該有駕照的，妳看起來實在不像是不會開車的女孩呀。

「你知道哪裡有駕訓班嗎？」

結果妳這麼說。

「我想學開車。」

於是小謙帶著妳報名了他從前那家駕訓班，就這樣，妳白天回到飯店工作，晚上學習開車，而夜裡、則繼續寫作，妳盡了力的用忙碌將多餘的時間填滿，因為唯有如此，妳才能暫時麻痺心底的那塊空白。

◆之三

「還是覺得好丟臉哪！每次回想起來。」

妳說剛學開車的那幾天，怎麼就是弄不懂什麼倒車入庫呀路邊停車呀R檔D檔轉幾圈的，也不確定是不適應突然又忙碌了的生活、還是真的太挫折了，當時他自信駕駛的姿態突然閃過妳的腦海，不知怎麼的、妳竟就伏在方向盤上哭了出來。

「我一輩子也追不上他的腳步吧！」

妳說當時真有這樣的感傷。

而最糗的是，那次竟還被小謙撞見。

那天他心血來潮跑去探妳練車，沒想到卻無意間遇見妳的脆弱以及眼淚，他不知道妳究竟是為了什麼難過，但他知道怎麼讓妳放寬心情。

小謙替妳將車停放妥當之後，帶著妳去散心看夜景，當妳坐在小謙的身邊遙望山下的萬家燈火時，妳突然好想親親他、抱抱他，於是妳果真也親吻了他、擁抱了他。

那是妳第一次對愛情主動，也是最後一次。

「氣氛太好了吧！又剛哭過。」

「也可能只是因為害怕吧。」

「害怕？」

「我那時候真的好害怕，從看到他的簡訊之後就一直好害怕，我害怕我做得那樣決裂、但結果放不下走不開的人卻是我，那時候的我整個人空盪盪的只想捉住什麼，不捉住什麼實在不行呀！整個人就快四分五裂了！真的會四分五裂了。」

妳說妳真的好需要一個對象來填補內心的空白，而那個人最好是小謙而不再是他，那是妳用來治療情傷的一貫手段，安全、卻狡猾；但妳一再一再強調的是，那確實確實是妳最後一次的狡猾。

最後一次。

「本來我不並預期我們的愛情能走多遠的。」

拿到駕照那天妳開心的請小謙到你們飯店晚餐，那是妳第一次意識到兩人之間的差異；飯店奢華的氣氛繁瑣的用餐禮節對小謙那樣的年輕人而言是陌生是拘束，但對妳而言卻是生活的絕大部分。

你們之間的差異還包括了——

「小叮噹和麥當勞。」

「吭？」

「妳還記得小謙那時候戴的是小叮噹的安全帽而且最愛吃麥當勞嗎？」

「沒錯沒錯！而且小謙連內褲也是穿印著小叮噹的四角褲！還是我買來送他的咧！」

忍不住我笑了出來，熟悉的記憶片段同時滿溢我們的談話，就像在寒冷的冬天裡手裡握著一杯香濃的卡布奇諾那樣，溫暖。

趁著休假日你們一同去看了車，本來妳想買同樣的 NISSAN SENTRA，但結果還是算了，最後妳買的是 OPEL 的小車，裡頭只坐過妳和小謙的車。

「妳就是用這方法拿掉他的小叮噹安全帽呀？」

「就是囉。」

「那小叮噹的四角褲呢？」

「喂、妳未免也問太多了吧。」

「好啦好啦，那麥當勞呢？」

妳神祕的笑，但笑聲裡卻隱約洩露著感傷，我知道此時此刻的妳或許是想起什麼了。

香菸。

香菸是小謙唯一無法為妳妥協的一點，他的氣管從小就敏感，尤其菸味更會教他氣管難受；而妳也辦不到完全的妥協，妳至多只肯做到不在他的面前抽菸，因為妳從來就沒想過要為了一個男人戒菸，儘管最後妳還是捨棄了香菸。

「說來真是奇怪，結果卻是在分手後才戒的菸哪。」

「總是想為他做些什麼吧。」

「好像是吧。」

妳說和小謙在一起的感覺彷彿是妳變成了以前的他、而小謙變成妳的那種角色互換，妳教導小謙許多妳已經歷而他尚未的事情，包括愛情；妳是小謙第一個擁有過的女人而他並不是妳的最初，但你們都不認為那是問題。

問題還是出在於差異。妳又說。

妳假裝並不在乎他知道自己是個沒有經濟獨立能力的學生，而小謙則假裝並不知道妳真的介意自己大他兩歲的問題；儘管妳完全捨棄了過去和他交往時的成熟穿著和刻意裝扮如同小謙那般年輕休閒，妳甚至不再出入那些高消費的餐廳咖啡館、因為小謙堅持約會本該男人買單——

「問妳一個問題，如果一個男生省吃儉用一個月，為的只是買一只他其實買不起的TIFFNEY戒指送妳當生日禮物時，妳會有什麼感覺？」

「超級感動，妳呢？」

「我會覺得我們或許並不適合在一起。」

「這就是你們分手的原因？」

「問妳一個問題。」

妳沒回答，妳反問。

「妳希望自己是一個怎麼樣的女人？」

「快樂的女人吧我想，妳呢？」

「我一直希望自己是一個沒用的女人，只懂撒嬌、只想依賴，像個影子那樣，只為我的男人而活，我真的真的好想自己是那種沒用的女人，真的好想。」

然而，我們都知道的是，妳從來就不是那樣的女人。

不知道是為了什麼，在遇見小謙、愛上小謙之後，妳開始覺得過去的那個自己活得好累，過去別人眼中那個成功的、聰明的自己，妳扮演得好累。

「那是我最放鬆的時候。」

「嗯？」

「和小謙在一起的時候，是我最自己的時候。」

「為什麼？」

「因為不用設防。」

那本妳在夜裡失眠時所嘗試寫下的小說後來順利得到出版的機會，當小謙第一個告訴妳這個消息的時候，妳簡直開心到不知所措；妳知道那麼做或許冒險，但妳依舊緊接著遞出辭呈，妳不知道為什麼當下的第一個念頭就是把工作結束，不、其實妳知道為什麼。

那時正值妳的晉升結果發表前夕，而不論結果是成功是失敗妳都不想要知道；妳不想在失敗之後開始自我懷疑之前的成功確實只是因為他的緣故，而另一方面妳也不想成功，因為那將意味著妳會更加忙碌、妳會離小謙越來越遠。

妳並不想要這樣，因為那是第一次妳如此珍惜一段感情，並且改變自己、出於自願。

因為真心珍惜。

妳沒有把晉升的事情告訴小謙，妳只是簡短的說想辭了工作專心寫作，因為妳知道小謙或許並不會懂得這晉升之於妳的前後意義，但妳知道小謙永遠是支持著妳的，從一開始妳就知道。

妳於是逃避那在別人看來一帆風順的繁華人生，逃避到虛構的文字裡頭，妳這才發現在絕大多數的時候，逃避其實也是一種面對；妳開始面對了不一樣的人生，寫作的人生。

而妳常在想，倘若不是最初的逃避，那麼妳將永遠不會知道，原來妳適合寫作。

妳將不會遇見小謙，倘若不是那最初的逃避，妳將不會發現真實的自我，因為小謙。

◆之四

「那是我們最快樂的時候。」

妳說。

後來怎麼了?那些快樂的日子?

當小謙大學畢業那年,妳的寫作生涯已經踏穩了腳步,當小謙面臨該繼續升學又或者先服完兵役的兩難時,妳同時也面臨著該不該接受採訪編輯的這個工作機會,在台北。

「就去嘛!搞不好我考到台北的研究所還是當兵抽到北部呀。」

小謙說。

小謙一向了解妳更甚於自己,他看透妳內心真正渴望、而妳自己卻一直假裝視而不見的、到台北去試探自己的渴望。

然而實際情形是,妳去了台北之後,小謙沒考到研究所卻到了屏東服兵役,你們南北相隔,你們的生活步調越離越遠,你們長久以來的擔心終於成真,你們再也控制不了兩人之間越來越大的差異,儘管兩人愛得再深、再真。

「真的很不可思議呀！兩個差異那樣大的人，為什麼卻能愛得那麼好呢？」
「因為是用了心努力去愛的吧。」
「而且妳知道嗎？那是我第一次聽情歌聽到淚流呀！」
「阿妹的〈記得〉？」
「嗯，阿妹的〈記得〉。」
你們約定好分手的那一陣子，剛好阿妹的〈記得〉專輯發行。
「為什麼最後卻還是只能分手呢？」
「因為我看見了小謙的不快樂。」

那天妳終於能抽出時間南下探視小謙，當他快要退伍之際、而妳也被忙碌的採訪寫作生活給壓得透不過氣時，妳好不容易終於抽出了時間、見久違的小謙。

你們去了第一次小謙帶妳去看夜景的那山上，而這次妳凝視遙望著山下萬家燈火的小謙的側臉，妳突然有種好奇怪的感覺，妳好像看到了當時的那個自己，不快樂的自己。

「是我讓小謙變得不快樂吧。」
「不……」
就是在那個當下，妳說出了分手的話語，妳心底突然響起阿妹的〈記得〉，妳望著小謙的眼淚，妳哭泣。

『我們都累了　卻沒辦法往回走
兩顆心都迷惑　怎麼說怎麼說都沒有救
親愛的為什麼　也許你也不懂
兩個相愛的人等著對方先說　想分開的理由

誰還記得愛情開始變化的時候
我和你的眼中看見了不同的天空
走了久終於走到分叉路的路口
是不是你和我要有兩個相伴的夢』

作詞：易家揚　作曲：林俊傑

「怎麼又哭了！真奇怪呀！好久沒有這樣了，都這麼大的人了欸。」
「只要是人都會有眼淚的嘛。」
「不過很不好意思呀！捉著電話講呀講的，浪費了妳不少時間吧。」
「客氣什麼啦！我就是喜歡讓朋友浪費我的時間嘛！不然要朋友做什麼呀。」

「說的也是呢。」

「雖然我本來以為妳是打電話來說採訪稿晚上就可以給我了咧。」

「儘量囉。」

「他過得怎樣？」

「哪個他？」

「這次妳採訪的對象呀！就是他吧。」

「原來妳知道呀！」

「開玩笑，都當了妳那麼久的主編了、我還不了解妳嗎？別忘了妳的小說我可是一路讀來的呢。」

笑了笑，妳說：

「離開了飯店業，回到高雄去開了家很特別的咖啡館，做得很不錯吧，畢竟是個聰明的人哪！」

「還愛他嗎？」

「早不愛了。」

「那為什麼願意接下這次的採訪呢？還專程南下、那可不是我認識的妳哦！」

「因為好久沒離開台北了嘛。」

「還有呢？」

「還有……也想讓他知道我找到了自己想過的生活，或許還有、我過得比他好。」
「那如果對象換成是小謙呢？」
想了想，妳說：
「我希望他過得比我好。」

趁著這機會，我問：
「後來怎麼都沒交男朋友啦？」
「忙死了！哪來的美國時間談戀愛呀！妳又不是不知道我的主編是個沒人性的女人，反正我又不是她生的嘛。」
「妳非得在我面前說我壞話呀？」
我們都笑了，這兩個作家與主編，或許應該說是——
「對了，我的大忙人作家。」
「什麼事？」
「能忙裡抽空幫我接個機嗎？」
「接什麼機？」
「幫我弟弟接機呀！他念完研究所最近要回台灣了。」
「小謙要回來了？」
「帶他去吃個麥當勞吧！老是嘮嘮叨叨的說懷念死台灣的麥當勞了。」

「那小叮噹安全帽呢？」

「開車不用戴安全帽吧！再說那頂小叮噹安全帽我可是不打算還給他了，至於小叮噹內褲的話……」

我們都笑了，這兩個女人，或許應該說是——

我想妳會知道的，或許應該說是什麼。

≫不放≪

◆之一

是在這樣一個無聊到有些寂寞的週末夜晚，妳剛從髮廊燙了新的髮型出來，心底想著待會回家之後男友要是看見了可不知道又要囉嗦些什麼了；他搞不懂為什麼女人總愛變換髮型髮色，總愛塞爆衣櫃鞋櫃，總是化妝台上的瓶瓶罐罐尚未用盡完全、馬上又趁著百貨公司的購物節週年慶的去搶購新的保養品、化妝品回來……。

他不懂妳為什麼總是一副和錢過不去的樣子，正如同妳不懂他為什麼能夠那麼安於現狀？其實妳真正不懂的是，為什麼妳遲遲不肯答應他的求婚？

嘆了口氣，妳瞥了一眼手機上的時間，是那種回家稍嫌太早、可不回家卻又不知道該上哪去的窘境，正當這個時候，妳的手機響起，望著螢幕上的來電顯示，妳感覺有些吃驚，怎麼會是妳那好久不曾見面的高中同學？

電話接起，手機裡傳來了鬧哄哄的背景音樂，顯然夜對於妳是即將結束，而對於她們則是正要開始吧！她們的夜太熱鬧，幾乎是用吼的同妳說話，幾番重複的嘶吼之後，妳才知道原來是她們發現了一家格調高尚但消費卻平易近人的夜店，並且厚著臉皮的要了沙發區的四人座位，而現在，她們三缺一。

「幹嘛不早點約啦！我人在外面正準備要回家了欸。」

「不是吧！今天是週末耶！哪有人週末夜那麼早回家的啦！」

「可是我明天還得早起上班哪。」

妳有些為難的說，而她們一個一個接過手機，慫恿著誘惑著鼓吹著妳，最後氣氛有點僵持不下了，只得說了那店的位置名字，說是改變心意的話隨時過去沒有關係。

「反正我們是三個都沒有朋友的人嘛！哈～」

妳覺得有點莞爾，怎麼有人可以寂寞的這樣自得其樂？

寂寞。

掛上電話之後，妳這才想起竟然這是妳今天接到的第一通電話，念頭一轉，妳於是發了通簡訊給男友，說是今天和妹妹聊太晚了於是就在她那過夜不回去了，然後妳關機，按著方才模糊記下的地址店名，妳來到這家夜店。

其實當妳找到這裡將車停放妥當之後，妳幾乎感覺到一陣窒息——這裡原是妳從前打工的餐廳哪！

都變了呀！

都變了。

門口裝扮時髦的侍者為妳開門帶位，在昏暗的燈光以及震耳欲聾的音樂下，費了好大的工夫，妳才終於找到了那三個寂寞得幾乎理直氣壯的女人。

「哇！她真的來了耶！夠朋友夠朋友！」

不知道是不是在酒精的催化下，三個人熱切的歡迎妳的到來，並且完全沒有許久不見的那種生澀；侍者替妳拉了椅子點了飲料之後，妳們像是全世界久別重逢的老朋友會做的事情那樣，開始關心起彼此的生活近況、遺落的生活點滴、還有最後一次的見面是多麼久以前了呀、那個誰誰誰怎麼怎麼了……這類的。

妳其實有些答得漫不經心，一方面是因為妳已經許久不曾置身於這樣喧鬧的場合，一方面是因為妳凝望著坐在妳對面抽菸喝酒嬉笑毒舌的兩個人，妳突然發現妳其實好懷念過去那段和她們過著相似荒唐生活的時光。

已經離妳好遠了呀！

突然的，她們問道：

「對厚！妳應該已經戒菸了吧！」

「欸！現在這個男朋友不喜歡我抽菸。」

然後妳們開始聊起妳口中的這個『現在的男朋友』，她們是那麼的驚訝於妳的改變，因為她們記憶中的妳是一個總不乏追求者、是一個換男友比換髮型還勤快的花心女生——

「該不會就快結婚了吧？我生平最討厭花的錢就是包紅包了！總覺得這錢出去了就不會再回來了呀！哈～～」

不知道為什麼，當妳們聊起結婚的這個話題時，妳突然好想抽根香菸，於是妳從桌上的菸盒裡抽出一根夾在食指與中指之間玩弄著，妳猶豫著。

「戒了的話就別再抽了吧！」

「可是我突然好想抽菸哦。」

「那就抽呀！人生偶爾是需要一些例外的。」

「可是我好久沒抽了，怕是抽菸的樣子不好看哩。」

然後她們同時一陣大笑，毒舌著妳未免做作、心機太重……這些從前妳們老是互相調侃挖苦卻怎麼也不會傷及彼此友情的話語。

於是妳擦點了火柴燃起香菸，當久違的第一口香菸經由妳的雙唇通過妳的口腔最後再深入妳的肺部時，妳感覺到一陣短暫的昏眩，然後妳緩緩地將煙霧吐出，就是在那個當下，妳突然又想起他曾經對妳說過的——

我覺得妳抽菸的樣子好優雅哦。

妳感覺到一陣泫然欲泣的酸楚，真的是泫然欲泣；妳不懂為什麼已經事過境遷那麼久了，他曾經帶給過妳的愛戀、傷痛、甚至是你們曾經共同有過的畫面依舊清晰如昨。

清晰如昨。

妳有點慶幸此刻燈光昏暗，煙霧瀰漫，否則妳真的好難解釋眼底那股欲哭的情意波動。

將菸捻熄，妳想起今天方才燙出的新髮型，妳想到妳們剛剛聊了好多，就是怎麼也沒聊到妳的新髮型，妳於是重新整理了情緒，微笑問道：

「嘿！這是我剛燙的新髮型欸！好看嗎？」

妳以為妳這麼問了，但其實妳真正問的是：

「嘿！妳們還記得 Johnny 嗎？」

是的，當妳今天踏進髮廊時，不，甚至是這些年來每次妳踏進髮廊時，妳總是還會想起Johnny，那個妳生命中最初的男人，或者應該說是男孩。

那是妳高中畢業的那年暑假，因為也明白高中三年都忙碌於約會玩樂的自己是沒有考上理想學校的可能，妳於是決定重考一年，白天在補習班窩著，而晚上則選擇打工，還有依舊沉迷其中的玩樂。

妳們就讀的那所高中依舊保守的維持著髮禁的規定，於是畢業之後絕大多數的同學第一件所做的事情就是去髮廊把那清湯掛麵的學生頭改變。

當然妳也不例外。

至今妳依舊在想，如果當初隨意選擇的不是那間髮廊，那麼妳會不會走入另一個全然不同的人生？

其實妳真正在想的是，如果可以重新來過一次，妳會不會依舊選擇走入那家髮廊？然後遇見Johnny？

妳知道答案。

妳在那間髮廊遇到Johnny，當時他初進美髮業依舊是洗頭的小學徒，當妳坐在等候的沙發上環顧著這髮廊時，妳在心裡祈禱著能不能待會就是讓這位妳第一眼就先注意到他的帥氣男孩服務。

妳這般祈禱著，這麼等待著，然後妳看見，妳看見這個男孩向妳走來。

妳看見愛情向妳走來。

妳對他一見傾心，而妳相信他對妳亦是，因為妳對於自己的魅力從來就有絕對的自信；你們並沒有初見面的生澀，你們一直聊呀聊的，聊呀聊的，接著妳知道他不喜歡自己的名字，他要妳叫他作Johnny.；妳知道他高中肄業隻身來台中的這間髮廊當學徒，他的夢想是有朝一日能成為成功的髮型設計師，就像是日劇《美麗人生》裡的木村拓哉那樣；妳還知道他有一對漂亮的眼睛以及長睫毛，他笑起來很是孩子氣，並且，他對妳充滿好感以及好奇。

那是個手機尚未普及而叩機正在流行的年代，妳主動給了他妳的號碼，妳說很希望能夠進一步認識成為朋友，妳有點驚訝於這些妳早已經聽習慣了的話語、如今竟會是由妳的口中道出，而對象甚至是一個年紀小妳三歲的初次見面男孩。

妳承認妳對他一見鍾情，而在那之前妳已經歷過許多場的戀愛，但這一見鍾情，卻是第一次，也是最後一次。

妳當時知道這個大男孩對妳而言很不一樣，但妳不知道的是，妳不知道的是……

當晚他就 Call 了妳的號碼，當妳回電聽到那孩子氣的聲音時，妳簡直開心的就像初戀少女那樣令人難以置信；Johnny 說他明天休假，問妳好不好出來見個面吃個飯？妳當下馬上答應，妳甚至忘了妳明天還得補習上課，而妳正在重考當中。

妳已經有點忘了你們約在哪裡見面吃了些什麼，甚至最後是妳買的單又或者各付各的，妳一概記不清了，妳只記得那天晚上當 Johnny 陪著妳到打工的地方上班時，同事們對妳投以又嫉又羨的眼光。

妳從來沒有這麼快樂過。

第二次的約會妳得知 Johnny 現在寄宿在台中的朋友家裡，生活很是不方便，因為沒有駕照也沒錢買機車，每天得走路半個鐘頭去上班。

妳聽了有點心疼，雖然也明知冒險，但不知道為什麼妳依舊大膽的提議：「正巧我和同學也在找房子，我們看到了一層三房兩廳的公寓還不錯，要不我們乾脆三個人租了那？」

Johnny 起先有些遲疑，但最後還是答應，妳知道他在遲疑什麼，但當時的妳完全顧不了那麼多的。
妳只想和他在一起。

◆之二

Johnny 挑了最小的房間住下，當他怯生生的說能不能等他領到薪水之後再付房租時妳並不意外，教妳感到意外的是、他的行李居然如此簡便，只消一個旅行袋就打發了。

那是妳第一次感覺到不安。

妳瞞著同學替他先墊了房租，妳甚至有時候會接送他上下班，妳也知道妳的感情給得太快太急，妳隱約察覺到他或許害怕或許退卻，在別人看來妳或許太笨太傻，但沒有辦法，妳真的從來從來沒有這麼愛過一個男人，無論是在 Johnny 之前，又或者之後。

而至於那房租他後來並沒有還給妳，只是他欠妳的，又哪裡只是那錢而已呢？

你們的第一次發生在妳的房間裡，當 Johnny 知道妳仍是處女時，他的反應是意外；妳說那次的經驗其實並不很好，甚至可以說是有點糟糕，兩個人都生澀、笨拙，但確實是妳最難忘的一次體驗——

「因為是第一次吧！」

「或許也有部分原因是因為對象是 Johnny 吧！」

「後來呢？」

後來有天妳回到公寓，妳看見Johnny的房門開啟，妳隱約有種不祥的預感，當妳走進看見那已經空了的房間時，妳整個人癱坐在地板上，妳幾乎崩潰。

妳知道遲早有天你們會分手，畢竟你們之前的差異太大，你們的進展太快，你們的認識不深，你們……

但妳怎麼也沒想到他竟然會走得那樣決裂，妳沒想到原來心可以痛到無法運作！

「比第一次還痛呢！或許會比生小孩還痛也不一定哦！」

妳試著想用幽默來緩和氣氛，然而這就和妳一直以來想要忘記那痛、那人一樣——太難。

太難。

妳當時整個人彷彿被抽空了，補習班的課也不怎麼上了，後來甚至就退了課，而打工妳也並不想去了，妳真的不認為當時的妳有能力做任何事情，除了傷心、傷心、傷心……。

正當妳猶豫著該怎麼開口辭掉打工的那晚，妳看見Johnny和朋友走進這間餐廳，妳覺得呼吸困難，妳感覺頭昏腦脹，妳有好多的話想告訴他、有好多的不解想問問他、妳甚至想潑他個滿臉咖啡，不！其實妳是想要他回來，因為妳還是好愛他，以愛減去恨來，妳還是好愛他。

妳看見他想要走近妳同妳說話，而妳亦然，但不知道為什麼，當時的你們誰也沒有走近誰；妳趕在情緒潰堤之前躲進廚房裡，妳當時全身發抖，妳不知道為什麼妳當時竟是全身發抖，但妳知道妳這輩子從來沒有流過那麼多的眼淚。

當時。

「所以那是你們最後一次的見面？連一句話也沒說？」

「嗯，而且其實呀。」

「什麼？」

「我後來查到了他的 E-mail，聯絡上他了，大概是去年的事吧。」

「吭？」

「YAHOO 的會員中心哪！本來我只是想查之前一個很久沒用的帳號，不知怎麼的、靈機一動就輸入他的真名和生日，結果竟然的就跑出了帳號來呢！我猶豫了好久最後還是寫了封 E-mail 過去，然後他真的也回信了耶。」

「他回信寫些什麼？」

「他說他現人在台東，還是在髮廊工作，應該已經變成設計師了吧！」

「然後呢？」

「然後我好高興！我真的好高興！沒想到還能再聯絡上他呀因為！所以又回了封信給他，我說能不能兩個人見個面或者通個電話也好，不過他就沒再回信了。」

「是內疚吧。」

「他還是想逃吧。」

「不過為什麼妳還對他念念不忘、甚至還想見他的面呢？是想補潑當初沒潑到的那杯咖啡嗎？」

「潑湯的話比較夠味道，而且還要是滾燙的那種。」

我們都笑了，在這喧鬧的夜店裡，雖然傷心恣意蔓延，但有朋友陪在身邊的我們，都笑了。

「不恨他嗎？」

「恨哪怎麼不恨！之後她們兩個還陪著我到那髮廊砸店呢！我們到處摔東西還在牆壁上塗鴉Johnny你去死這類的話呢！真是夠瘋的那時候。」

「人不輕狂枉少年嘛！」

「是呀！我們真的都年輕過呀！」

「現在也還不老好不好！」

「只是也不夠年輕了呀。」

「不過呀！既然這樣為什麼還想他呢？而且妳知道嗎？從頭到尾妳提起這個人時，口氣裡甚至還帶著懷念。」

「說真的我不知道呀！我真的只是很想再見他一面，真的很想在結婚前能見到他一面，好像是了了一樁未完成的心願那樣，想知道他現在過著怎麼樣的生活，只是這樣而已呀。」

「是想確認他有沒有過得很衰然後幸災樂禍的當面告訴他這就是所謂的現世報、這樣吧？」

都笑了我們，在這喧鬧的夜店裡，有朋友陪在身邊的我們，都笑了。

「不過呀！對這麼久不見又一直沒有熱心聯絡的老朋友突然的就說起這麼傷心的往事來，未免也太突兀了吧！」

「不知道為什麼看到妳的臉我就想說嘛！」

「也是因為知道我之前替朋友寫的小說吧？」

妳笑而不答，妳的笑容真的好美，很難想像這樣美麗的一個女人竟然也曾被那樣決裂的傷害過。

「問妳一個問題。」

「嗯？」

「妳會不會也覺得，最讓女人難忘的男人，往往並不是最愛她的那個、而是傷她最深的？」

「好像是哦。」

點點頭，我說：

「喂！乾杯啦。」

「為什麼？」

「為了我們女人呀。」

「好呀。」

「乾杯。」

女人，乾杯。

︾走過︽

◆之一

妳將那場風暴形容成為人生中的汙點，回想那些曾經發生過的風風雨雨，妳是如此的慶幸，終於還是走過。

妳已經不再願意去回想那些曾經被他愛過的感覺，妳甚至有點忘記他的面貌、他的聲音，當然，還有他的身體；妳拒絕再去聽到所有關於他的一切，如今就是連他居住的城鎮妳都儘量避免踏入。

但妳不會忘記的是，當愛情失去之後，妳那自毀式的痛苦，以及在喪失理智時，所伴隨而來的風暴。

「永遠不要太相信自己哦。」

妳笑著說，看似俏皮的笑顏，其實還帶著那麼一點的滄桑，真的教人難以置信，妳看來是這樣的年輕，甚至妳就花那麼一點力氣去佯裝成為不諳世事的少女，相信也不會引起太大的質疑。

然而問題正出在於，妳從來就不願意成為那樣的女孩，於是妳用力的度過生命，耗盡了力氣、只為活得精采。

確實也夠精采了，那曾經的風暴。

風暴是源自於愛情的失去，當然早在愛情發生之際，妳便做足了結束的準備，畢竟這是一段禁忌的、貪歡的、不被認同的、非法的走私的愛情。

妳說妳確實是做好了結束的準備，只是妳怎麼也不能允許，妳是被決定的那方。

畢竟妳擁有的是，太驕傲的靈魂。

當他不再每天給妳電話，妳便隱隱感覺得到，愛情正在遠離，但是太驕傲的靈魂並不允許妳去確認，於是妳告訴自己，這是愛情必然的經過，沒有哪段愛情能夠自始至終保有初戀時的濃烈。

然而夜裡妳躺在太過空洞的單人床上，妳卻無法自已的開始想像：他是不是正抱著他的妻溫存？他會不會其實又發現哪個新鮮的獵物？

妳不斷不斷的將他的多情誇大，妳逐漸逐漸的被自身的妄想迫害。

妳越想越是發慌，妳於是起身閱讀，因為唯有閱讀，才能帶給妳短暫的平靜。

妳甚至開始避免夜裡獨處，妳或許是和朋友做長時間的聊天，妳或許很是無聊卻依舊在網路上面閒晃，妳讓一切都放慢速度，洗個漫長卻專心的澡、刷個漫長卻仔細的牙，妳甚至會仔細的閱讀所有的垃圾郵件。

儘管用去了一切的努力，而妳不得不承認的卻是：妳開始失眠了。

於是妳終於放下那麼一點的驕傲，妳傳了個簡訊給他，依過去的習慣，他必然會馬上回電給妳；簡訊發出之後，妳甚至想要耍些小手段，妳告訴自己不要去接起他的電話，妳要他急、要他也急；然而妳實際做的事情卻是，把手機小心翼翼的放至枕邊，等到倦極等到累極，等到體力不堪負荷，妳在睡前還這樣告訴自己：沒關係，在我睡時接到他打來的電話，這樣我的聲音才顯慵懶。

而實際情形卻是，當妳接到他打來的電話時，早已經是簡訊發出的三天之後了。

妳知道事情很不對勁，妳並且不再願意自我安慰只是他忙只是他忘，妳開始在腦海裡摸擬該對他做出的結束話語，於是妳打了電話給他，然而話到了嘴邊卻又後悔，取而代之的是，言不及義的閒話家常，像個普通朋友那樣。

妳於是也意識到了，或許他累或許他怕，或許他想要的是昇華，將這段禁忌的愛情昇華成為普通的友情，或許也可說是，他想退回好朋友的位置。

可妳掙扎，妳每日每夜每分每秒都掙扎，為什麼他不要妳的愛情卻還要妳的友情？妳在心底罵他自私妳在心底氣他退卻；妳開始懷疑所有的濃情蜜意只是虛情假意，可另一方面妳卻又告訴自己這樣也好，趁著局面還不至於演變至一發不可收拾、就這樣全身而退也好。

雖然妳是這樣告訴自己，可每夜每夜，妳卻還是失眠，還是得花去極大的力氣，才能打消想要給他電話的念頭。

既然如此，風暴又為何產生？

妳說風暴是源自於一場無心的邀約。

共同的朋友計畫一場旅遊，包括妳也包括他，因為朋友並不知情，這畢竟是一段走私的愛情。

妳起先很是猶豫，但想想卻又答應，妳告訴自己、既然還是朋友又為何避不見面？然而妳不得不承認的卻是，妳其實還想再見他一面。

妳知道妳在朋友間的魅力，妳要他明白，他失去的是極具魅力的妳，妳要他再回心轉意，然後妳要狠狠將他丟棄。

妳越想越是得意，妳滿足於這樣驕傲的自己。

然而就在那個當下，妳並不知道的是，妳將被驕傲徹底摧毀。

風暴的引燃點同是一個失眠的夜，當閱讀開始對妳起不了任何作用之後，妳再度自欺欺人的想：偶爾打個電話問候問候朋友也不足為過；其實就在這裡妳依舊耍了那麼點心機，妳知道在這種接近凌晨時分，八成他會是睡去，妳是那麼的想同他說話，可妳還是沒有把握、沒有把握是不是真能只是朋友？

於是妳在這樣的時刻安安心心的按下號碼，可沒想到他卻還清醒，並且接起。依舊是以朋友的口吻，心照不宣的避免提及過往的甜蜜，試著只是閒話家常，而不再盡是互相的撒嬌、確認愛情還在是不在；可畢竟開始你們就不曾當過朋友，於是你們對於朋友的這個新角色如此生澀並且不知如何扮演，就在短暫的冷場之後，突然他說，他想帶他的妻小一同出遊，那場你們將共同出現的旅遊。

妳簡直怒不可遏！妳說哪有這種混帳！妳馬上掛了電話，並且傳了簡訊表示：就是連朋友也不想再當！

甚至妳還對著電話吼道：怎麼你以為我能和她聊些什麼嗎？例如說——嘿！喜歡和妳老公做愛嗎？真巧我也是——這樣嗎？

本來妳是想試著幽默把自己逗笑，可結果妳卻被自己氣哭。

他來了電話打擾妳的哭泣，妳連接也沒接起的，就直接將它掛斷，在掛斷的那一瞬間，妳著實替自己感到驕傲，妳說女人就該如此，要能敢愛，也該敢恨。

馬上他傳來簡訊，問妳只是彆扭或者其他什麼？

妳是這樣的難以置信，妳無法相信他怎能傷了人卻還毫不自知？妳好想回答他說是心碎了又死，但想想還是作罷，因為太驕傲的靈魂並不允許妳放低任何的姿態。

見妳沒有回應，不久他又傳來簡訊，那口氣是妳再熟悉不過的，情人間的軟語。

◆之二

說到這裡，妳將語氣緩和下來，重又恢復那靜謐的淡淡微笑，妳十分認真的說：

「越是親密的人，往往越是知道怎麼快速的直接的傷害對方。」

妳的眼神閃爍，很是不好意思的說：

「難免我也問我自己，真的我們親密過嗎？」

妳嘆了口氣，不太明顯的，輕拂著小指上的戒指，過了好久妳才又說：

「是的，我們親密過，不單只是身體上的那種哦！還包括心的。其實我並沒有把心打開太多讓他看過，但確實他是完全把他的心開放給我了！雖然後來還是關上；我只是在想，如果把我們之間發生過的愛恨剔除，那麼剩下來的或許就是依賴了！只是我們的依賴不同，我依賴的是他的愛情，他依賴的是我收留他的心，不過，都過去了。」

怎麼過去的？

妳說妳感覺到前所未有的憤怒，以及深沉的絕望。

妳不再像以往那般將手機直接關了，因為妳要證明，妳依舊肯接所有人的電話，就唯獨他。

於是每當手機一響起，妳便以極快的速度確認是不是他好方便掛斷；然而實際情形卻是，他從此沒再打過電話來，妳永遠再沒機會掛他電話、展現驕傲。

意識到這點之後，妳並沒有哭泣，妳只是凋零。

妳不得不承認僅有的驕傲就此被摧毀，妳終於坦承妳的內心是荒涼，妳的原形是脆弱，妳的敢愛敢恨只是偽裝，妳的拿得起放得下只是自欺欺人的表演。

妳對自己著實感覺到失望透了，妳於是朋友一個一個的不想再見，妳甚至搞砸了那場聚會，然後很是不負責任的躲了起來；妳對所有的一切都失去了興致，妳甚至逐樣的開始放棄，先是食慾，再是消費，最後是已然成形的未來，妳並且就是連家也變得害怕回去。

妳將所有人都捲入妳的混亂，然而置身於風暴中心的妳，卻是什麼話也沒辦法好好的說明、什麼事也沒辦法好好的做到，除了放棄放棄放棄放棄，一再一再的放棄。

妳說那時的妳對他已經不再抱有任何的愛情或者眷戀，取而代之的是：恨。

而恨教妳失去理智。

妳開始在每個失眠的夜裡打無聲電話騷擾他，等到電話的那頭終於忍無可忍變成空號之後，妳轉而寄匿名信件給他的妻，妳在信裡要她管好自己的丈夫，妳並且在信裡告訴她妳的揣測，妳懷疑他其實和另個女性朋友私通；妳甚至還嫌不夠的寫信欺騙他說，妳懷了他的骨肉，妳並且就要拿掉，稍後妳又後悔，妳轉而聲稱妳要生下他的孩子，而目的是要他們骨肉永遠分離。

妳在信裡寫出大量的不堪的話語，妳誠摯的希望他過得比妳更糟，妳無論如何也要他嚐嚐妳受過的痛。

妳說妳真的沒有辦法，妳完全失去理智，因為理智隨著驕傲被摧毀得潰不成形了！

聽到這裡，我很是擔心的望著妳，但結果妳卻笑了出來，妳俏皮的說：

「我的老天爺！妳真的信呀？是我演技太好還是妳把我看得太扁？」

真的我鬆了口氣，在想要責怪妳的同時，卻又止不住的心疼。

當妳最無助的時候我沒有幫上妳任何的忙，而如今我能拿什麼資格來指責妳？

「怎麼走出來的？」

「時間治療一切，妳認為這句話對嗎？」

「好像是吧。」

「我認為對也不對。時間或許可以治療一切，但如果妳不為自己做些什麼的話，時間只是痛苦的浪費。」

妳說那些報復的畫面確實困擾住妳，還好那一切只存在於妳的想像裡頭，終究妳沒有付諸行動的原因是，妳不願意自己落得那麼狼狽不堪。

「還是太驕傲了呀！」

「總有些什麼的關鍵點吧？」

妳笑了笑，妳據實以告。

依舊是失眠的夜，妳徹夜沒睡，當天一亮時，妳突然有種無論如何也想去看看他的妻子的念頭；因為妳從來就沒見過那女人，從來妳就只是聽說，聽他說；而這次妳想去看看那女人，想比對他話裡的真實程度，想知道就算他不值妳愛，也，還值不值妳恨！

妳於是將自己打扮妥當，然後開車前往他們生活的城鎮，依照他給過妳的地址，妳找到他從小生長的那個地方。

那是一個單純的鄉鎮，妳有點奇怪他這樣愛好熱鬧的人怎能安分於這樣單純到甚至無聊的地方？

妳把車子停靠在路邊，等待著，等待著她的出現。

妳其實並沒有花去太多的時間就等到了她的出現，她看起來當然沒有妳年輕，甚至身材還有那麼一點走樣，或許稍加打扮的話會是個還具姿色的女人，只可惜她看來好像已經太久疏於打扮了。

妳知道眼前出現的是一個把自己徹底放棄的女人，由於親眼看見，所以妳更加確定，妳無論如何，也不要將自己放棄。

妳其實看不太清楚她的長相，但妳確實感覺出來她身上所散發的訊息是：不快樂，並且很久了。

突然妳開始有點同情她來，畢竟這男人對妳而言只是一時的失誤，然而對她來說卻是一輩子的錯誤；而妳最最同情她的是：妳們都知道這男人並不是一個稱職的丈夫，畢竟妳是那麼地了解他的一切，而身為妻子的她，確實也該會有某種程度上的了解，或許不會像妳那樣的深，不過倒也足夠了。

妳真的同情她，因為妳離得開，而她卻只能困住，困在這個單純到無聊的鄉間，困在那個從來就沒有成熟過的丈夫身邊。

妳於是開車離去，並且將手中這個地址丟棄，從此沒再踏入過那地方一次。

「是不是想問我還恨不恨他？」

「欸。」

我有種被看穿的難為情，妳到底還是我記憶中那個聰明的女孩，只是再聰明的人一沾上了愛情，還是只能束手無策吧！

「沒有愛就沒有所謂的恨吧！所以答案是不恨了。」

「後悔愛過他嗎？」

又是俏皮的笑，妳笑著回答：

「當然後悔哪！這麼說好像有欠厚道，不過真的是很糟糕的男人哪！但是另一方面卻又還是感激得不得了，這可不是漂亮話哦！畢竟如果不是因為談過那樣糟糕的愛情，我想憑我的個性，是怎麼也學不會珍惜的呀！」

我望著妳小指上的戒指，開始有點明白，為什麼妳會選擇在單身的最後一天，告訴我這段從來就不被知道的愛情。

因為妳想做某種形式上的告別吧！我想。

「或許我是被驕傲擊敗了，但真的，重新救回我的，還是我的驕傲呀！」

我點頭，我徹底的同意；怎麼跌倒的就怎麼站起來——這樣的比喻恰當嗎？

「最後可以問妳一個問題嗎？」

「嗯？」

「應該是戴在無名指吧！」

我指著妳的小指上的戒指，真的我被搞糊塗了。

「誰規定的？」

結果妳這樣回答。

≫膽小≪

◆之一

就像是已經失去味道的口香糖，可妳依舊含在嘴裡反覆咀嚼的原因是，妳早已經養成了口腔裡有個東西的習慣。

四年哪！

那天妳和朋友晚餐，在一家氣氛還算不錯、但食物就不怎麼樣了的義大利餐館裡，妳朋友眼中形同笑話的無用男友再度成為她們話題的焦點；其實令妳有那麼一點不是滋味的是，並非朋友們對於年近三十卻依舊一事無成、甚至就是連工作經驗也沒有過的他冷嘲熱諷，而是在那冷嘲熱諷之下對妳隨之投注的隱隱同情。

為什麼不分手呢？

每個人都問哪！而妳也問自己。

確實好幾次妳被他氣極妳感到倦極，真的就那麼決定了非分手不可了！可要不了幾天他一通好言軟語的電話卻又每每教妳推翻了好不容易就立下的決心。

分手難哪！

所以妳從來就不輕言分手，甚至妳還曾那麼暗自的決定了：除非是由他提及、否則妳絕不做出決定。

就這麼耗下去了嗎？不由得妳也苦笑。

是呀！當然妳也知道女人的青春可貴，並且身邊陪著的又是這麼樣的一個毫無前途可言、甚至妳也知曉絕不會把自身的未來託付於他的男人身上，可為什麼——騎驢找馬是嗎？

妳並不願意把自己的愛情形容得這樣不堪，但確實妳在心底又不得不悄悄承認。

這樣值得嗎？去到一個不屬於妳的城市生活、就為了一個男人？

朋友語重心長的問妳，當初妳說決定離開妳們的城市時；而在四年之後的今天，朋友再度問起、當你們數不清是第幾次的爭吵時，只是這次她還附加了那麼一句：而且還是很沒用的那種男人。

妳依舊只是苦笑，回想四年前兩人初識的那時，這男人在妳的眼中看來是如此美好呢！

國立大學畢業的學位，喝過那麼一點洋墨水，父母都是單純而良善的好人，甚至你們第一次約會時，他身上穿的還是名牌的西裝。

於是妳就那麼安安心心的把感情放了進去，整個人完全陷入愛情之後，才一點一滴的看清了存在於美好表象之下的真實面貌。

確實是國立大學畢業沒錯，可那麼冷門的科系呢！要能考上個公務員就這樣安安分分的過了也好，但偏偏他卻老早就表明了志不在此，什麼事也不做的，除了每天每天的窩在電腦前虛度生命；確實是喝過那麼一點洋墨水沒錯，可到了國外卻與寄宿的親戚不合、和同學也處不來、對教授也沒好感，就這樣半途而廢的躲回了台灣，並且一蹶不振；父母都是良善的好人這點是無庸置疑的，可身上穿的那名牌西裝卻也是他衣櫃裡唯一擺得上檯面的行頭了！並且還是早些年股市翻紅時購置的，而他手中曾經那麼值錢的股票，如今也只是一張又一張被套牢了的壁紙罷了。

真笨哪！忍不住妳也這樣埋怨自己。

可沒辦法，當一個人的存在對妳而言已經變成習慣的時候，真的，那就如同形式上的生命，並非用痛就能輕易割捨的呀！

「就像是已經失去了滋味的口香糖，依舊反覆咀嚼而不吐掉的原因是，已經養成了嘴裡該有個東西的習慣。」

妳又重複一次。

並且技巧性的把這個早已經令妳厭煩得不得了的話題轉開。

妳提起了山田詠美，還有那本不確定是不是她最新作品的，《口香糖之吻》。好羨慕哪！一個女人能活得那樣率直，最後還遇到了所謂的真愛，簡直像是童話故事一樣嘛！

「成人版的童話故事。」

妳有點不安好心眼的強調著。

其實妳沒說的是，妳好羨慕何以她竟能擁有那樣豐富精采的性歷練，當然妳也看過她的照片，並且妳怎麼也不認為自己有哪點比不上她，可不得不承認的卻是，至今妳依舊只擁有過這麼一個男人。

「或許是沒她的大膽吧！」

妳像是下了結論的這般說道。

其實並不是沒有過別的機會的出現。

他是妳念夜二技時的班上同學，長相並不是妳喜歡的那種類型，甚至衣著品味還有那麼一點糟糕，可不管從哪個角度而言，確實他是比起妳的無用男友要強得太多。

他對妳展開熱烈的追求，妳感覺到些許的心動。

「可他有女朋友呀！」

妳嘆了口氣，帶著淡淡的遺憾。

從來妳就對於第三者的這種事情敬謝不敏，而妳也坦承，那並不是所謂道德感這方面的問題，純粹只是因為妳太膽小。

妳常常在和他通完電話之後，想像他的女友鬧上門來要妳談判的情節，甚至妳在夢裡還會看見男友在氣急敗壞之下對妳做出社會新聞裡經常出現的畫面。

於是妳的心就這樣兩邊擱著，終於在困極擾極之下，妳問了朋友的意見。

朋友的意見是完全性的偏向於他，妳不是很確定究竟是妳形容得有失公道，又或者是她們早已經對妳的男友成見太深？

妳於是決定讓他們見個面，親自評估評估。

親眼評估的結果其實就和妳的想像相去不遠：雖然並不是那種很出色的男人，不過比起無用男友而言，依舊好得太多。

朋友說的是妳早就明白的事情，就當妳感覺到白費力氣安排這見面的時候，突然的，朋友卻又冒出了這麼一句話：

「要不試試也好。」

「吭？」

「Sex。」

朋友半是玩笑的輕佻語氣，可卻千真萬確的搔到妳那麼一點的癢處。

妳於是又想起了山田詠美。

◆之二

「其實我覺得山田詠美之所以會走紅的原因，有絕大的部分是因為她滿足了女人心底對於成為一個壞女人的渴望。」

說到這裡，妳有點害羞的笑了笑。

當然，妳並非專業的書評人員，對於小說的閱讀從來也稱不上精準，並且妳並沒有一個一個的問過女人——嘿！妳會不會也想試試成為壞女人——這樣。

不過，妳依舊繼續說著妳的想法，很是堅定的那種語氣：

「我真覺得每個女人都有某種程度上想要成為所謂的壞女人的想像，問題很單純的只是：夠不夠本事，還有，夠不夠膽量。」

妳說妳並不自信自己夠不夠本事，但可以確定的是，妳並不夠膽量。

終於妳還是打消了想要冒險一試的念頭，接著妳肯定的告訴他，妳並不想要傷害任何人，包括他的女朋友，當然，還有妳的男朋友。

做出了這樣的確認之後，妳依舊和無用男友談著貧窮的戀愛，依舊和三五好友抱怨著他的不求上進，依舊把你們之間近乎無聊的吵架情節當作笑話一般取悅妳的朋友。

至於他呢？妳說妳不知道。

「或許是有點失望吧。」

妳有點敷衍的說，妳並不是很想繼續談論這個話題，妳甚至還有那麼一點的哽咽。

怎麼啦？

妳說那是妳最難熬的一段日子，身邊有對情侶朋友終於受不住現實生活的挫敗而雙雙跳樓自殺，留下來的是大筆的債務和失去主人的貓；還有另個患有憂鬱症的朋友在面臨情變的挫折時，不止一次的鬧著自殺，教妳害怕接到她的電話卻又不得不接起。

就是在這個時候，妳還聽到他意外身亡的消息。

「那陣子我真覺得每天就要崩潰了，身邊的朋友一個一個的出事；早上醒來就只剩下害怕，所以我開始試著寫日記，把和他們有過的回憶確實的寫下來，因為我好害怕有天終於我會忘記，怎麼可以忘記呢？他們對我而言都是那麼重要的朋友呀！我們也有過那麼多美好的回憶呀！」

既然如此，又怎麼可能忘記？

「因為已經成為過去。」

妳說妳一直就深信越是害怕的東西往往越是容易成真，於是妳一方面害怕遺忘、一方面將回憶寫下，如此妳才發現，原來寫作是唯一能帶給妳平靜的動作。

在那段日子裡。

「正確的說法應該是打字才對。」

妳更正。

妳把那些已經成為過去的回憶打成文字檔存在電腦裡，並且還怕男友發現所以很是小心的將其設為隱形檔。

「但還是發現了。」

妳說妳怎麼也沒想到男友竟會去檢查妳的電腦，妳說要不是他太過懂妳、就是他實在太閒。

當男友發現那段曾經曖昧的情愫時，他簡直氣急敗壞，他甚至忘記這是侵犯妳的隱私，就這樣和妳大吵一架。

妳當時甚至忘記要追究他的侵犯隱私，因為在那當下妳簡直害怕極了，妳腦子昏昏的只記得吼過那麼一句——

「人都已經死了你還想要怎麼樣！」

結果男友當著妳的面摔門離去。

「謝天謝地，那總算是比較有意義的一次吵架。」
「他做出那麼惡劣的行為，妳還是沒有想過要分手？」
我實在忍不住好奇的問。
「不知道是我太膽小了，還是我太有原則了，反正我那時候還是堅持著，只要他不提分手，我也絕對不會結束。」
「但我沒記錯的話，最後提分手的人還是妳吧？」
「嗯。」
「因為他做了比這更惡劣的事？」
「不，嚴格的說起來，正是他什麼事也沒做。」
妳笑著說，我沒見過妳那麼自信的表情。

那是個再普通不過的早晨，當時妳的心理狀況已經恢復得差不多了，雖然偶爾難免還是會想起，但總算失去好友的傷痛不再那麼困擾著妳，因為妳總算想通了一點：就算遺忘又如何呢？畢竟他們確實存在過呀！而那是最重要的。

至於無用男友那方面，就像是每次不了了之的爭吵，你們總是莫名其妙的和好；在那次莫名其妙的和好之後，你們又經歷過無數次不了了之的爭吵，接著又是無數次莫名其妙的和好。

而那是一個爭吵過後的早晨，你們雙方面都還在嘔氣之中，都還不到莫名其妙和好的這個地步。

那早妳被粗暴的撞門聲音驚醒，當然後來妳才知道那是室友的感情問題所引來的尋常爭吵，妳當時曾到室友的房間去敲門，想問他們是否一起開門察看怎麼回事？可沒想到他們卻不在房內。

這層公寓當時只剩下妳獨自一人，而門外有個不知名的人正粗暴的撞著門試圖闖入，這樣的情形教妳越想越是害怕，妳於是馬上打了電話給男友。

試了三次之後，他都沒有接起，妳不是很確定那是因為他還睡著又或者他嘔氣不接，妳唯一可以確定的是：妳越來越害怕了。

妳於是傳了簡訊告訴男友妳的情況危急，然後妳開始等待男友的回應。

依舊沒有回應。

妳一個人躲在棉被裡，妳不知道是過了多久，終於妳聽到門外那人放棄離去，接著是室友的回來，她很是抱歉的說由於感情方面的因素所以對方鬧到這來，她表示已經好好談過，她保證不會再有下次。

妳鬆了口氣妳說沒有關係，接著妳一個人回到房間，妳躲在棉被裡看著手機，開始回想這一切的經過。

不知道是不是因為情緒終於放鬆的關係，妳的眼淚竟就掉了下來，妳此時驚訝的發現妳已經給了他四年的時間，可現在妳連一分一秒都不想要再等。

妳於是發出最後一封給他的簡訊，上面寫道：就這樣分手，不要再聯絡。

然後妳把手機丟棄，並且以最快的速度將行李打包回到屬於自己的城市，從此不再讓那男人找到。

「就這樣結束？」

「嗯，就這樣結束。」

「總覺得有點不可思議。」

「或許是吧！但我當時真覺得，在我最害怕的時候他沒有趕過來救我幫我，那麼到底還有什麼好讓我離不開他的？」

短暫的沉默之後，我決定還是問道：

「可以問妳一個問題嗎？」

「嗯？」

「之後有試過成為一個壞女人嗎？」

妳笑了笑，妳搖搖頭：

「沒有，從來就不習慣的東西，何必為了羡慕而勉強自己成為呢？」

「那嘴裡的口香糖？」

「吐掉了。」

「嗯？」

「不能讓自己習慣於無味的咀嚼裡呀！就算不成為一個壞女人，也不能讓自己變成一個食之無味的女人，不是嗎？」

妳最後說。

》耽溺《

◆之一

是的，太晚了。

任憑哪個熟知其中的人無不亦是這樣認為的，但問題正出在於：除了身經其中的你倆，就再也沒有任何的人知道、又或者察覺出這段愛情的存在。

再隱密不過的愛情哪！

妳如此說道，以一種遺憾卻又耽溺的口吻。

像是一幕太過瑕疵於是讓導演剪去的電影毛片那般，妳和同行的應徵者並排坐在這會客室裡昂貴的沙發上；他們些許是和鄰座者交談，談論著這些年來的不景氣、以及在不景氣之下的求職經驗；另些則是神情肅穆地嚅動著雙唇、像是即將上場做演講比賽的小學生那樣，期許著為稍後的面談做出最完美的演出。

而妳則是耽耽地打量著這些許久未曾接觸過的新新人類，望著他們，忍不住妳在心底低嘆：

多年輕哪！

妳下意識地輕拂著眼角，還是嘆息。

妳只是在想：一個遠離職場多年、當丈夫忙碌於事業、而小孩亦到了上幼稚園的年紀、為了打發這初次面對的空窗期、而決定再度出發的女人，究竟還會有多少被選擇的可能？

「這樣的生活不好嗎？」

那天晚餐之後，當妳終於下定了決心，告訴丈夫希望外出工作的想法時，這是他的第一個反應。

「家裡又不缺妳一份薪水。」

丈夫並且又說，接著就把視線由妳的臉上重新擺回報紙。

這張曾經他為了多看一眼，而不嫌麻煩的轉了幾次車、花去幾個小時、只為了多看一眼的臉，如今早已經被報紙分去更多他的注意。

「可是我還年輕哪！我不想我的生活只剩下洗衣和做菜。」

丈夫看了妳一眼，那眼神簡直教妳不舒服到了極點，妳於是又氣又急又惱又羞的想要提醒丈夫，妳不過是個年近三十的女人哪——

可話到了嘴邊、妳卻又打消了念頭，因為妳千真萬確的明白，確實妳看來不像是個已育有一個學齡年紀小孩的母親，不管是妳的臉孔、又或者是妳尚未走樣的身段；但真的妳也知道，妳是怎麼也禁不住和那些青春多到足以腐爛的少女們擺在同一個畫面了！

好氣哪！妳真的好氣。

「如果真無聊的話，何不找個什麼的補習班隨便學點什麼就好？」

丈夫又說，這次的口氣軟了些，妳於是嗅出一絲勝利的可能，接著妳加強了語氣，妳說：

「學那麼多有什麼用！還不是只有洗衣做菜！」

「隨便！」

丈夫最後說，丈夫的口頭禪，隨便；丈夫從來就不善於拒絕妳，丈夫至多只以隨便來表達他的反對。

像賭氣像急欲證明，妳以最快的速度從網路上找到個大學職員的工作，就這樣將履歷投寄過去，於是現在，妳和這些青春正好的應徵者坐在這裡，再一次的，妳又想起丈夫當時的眼神，於是妳下意識的輕拂著眼角。

女人總是從最細微的地方開始老起的。妳如此喃喃自語道。

「抱歉呀！讓各位久等了。」

一個宏亮的聲音出現你們面前，妳抬頭望著眼前這笑嘻嘻的男人，妳是如此的驚訝於這種男人的存在，因為歲月在他們的身上從來就不會造成任何的不堪，時間只會為他們更添魅力的光澤；他們或許無法與那些精力旺盛的小夥子一較上下，但是除了年輕之外，他們知道，他們全盤皆勝。

自信是他們最大的能量，或許用天之驕子來形容他們也不嫌矯情。

確實就是有這種人類的存在，打從一出生，他們就佔盡了所有的優勢，他們擁有優良的基因遺傳、絕佳的身世背景；他們的未來是那樣清楚的擺在所有人面前，他們是所有人欣羨的典範，而他們對於這點也明白得不得了。

就如同眼前的這個男人，是個年輕的大學校長，出身於治學世家，櫃子裡擺的是哈佛的畢業證書，身邊躺的是曾為台大校花的妻，擁有的是無可挑剔的漂亮人生。

妳其實有點忘記在那次的面談裡你們說了什麼，又或者妳是如何努力表現出妳比同行的應徵者更具備勝任這份工作的資格，更甚至妳連直視過那雙會笑的眼睛幾次也記不得了；但確實妳清楚記得的是，當你們四目交接的那一刻，那雙眼睛在光亮背後所清楚透露的驚訝。

當然妳是直到獲得這份工作之後，才知曉原來妳的容貌神韻是如此的神似於他妻子年輕時的模樣，並且妳才初上任的沒幾天，便足以耳聞他的妻是如何如何——妳此時笑了笑，妳說妳還是不好意思直言他的妻在別人眼中的形象。

就像一顆擁有美麗外表的蘋果吧！但內裡卻已經被蟲子給蛀光了！而那蟲子正是她再漂亮不過的人生。

當晚妳翻開擱置許久的日記本子，試著寫下重新回到妳體內的這股活力，因為妳一直就記得、還是少女時的妳，是多麼的夢想成為一名小說家；只是妳到底生疏於寫字太久，竟然，妳還害羞的笑了出來。

「笑什麼？」

丈夫疑惑的看著妳，此時他正躺在床上，正等著妳躺到他的身邊。

他其實並不很高興妳重新擁有工作的這件事情，他依舊只當妳是無聊過了頭，而他所能想到的辦法是，再讓妳懷個孩子，再讓妳有事情忙，也因那些事情最好也是他所能參與的，這樣一來他才可能比較安心。

畢竟他一直沒忘記妳從來就是個美麗的女人，他沒忘記，只是也不常想起。

妳嗅出丈夫的意圖，於是很小心仔細的把日記本子收至抽屜裡上鎖，然後躺到床上，說了一句今天很累，最後翻過身就這樣安安穩穩的睡著了。

這是妳給丈夫的第一個藉口，以及開端。

◆之二

妳被安排到這所新興大學的圖書館裡，當妳知道妳即將成為一名圖書館員時，妳著實鬆了一大口氣，因為那聽來是多麼安逸的一份工作哪！

如此妳依舊能夠趕回去弄份或許不再那麼費心思的晚餐，依舊可以在晚間教導小孩英文字母以及注音符號，依舊可以躺在小孩的身邊輕拍他的背哄著他入睡，依舊可以在週末或許全家出遊或許和三五好友逛街喝茶，而這正是妳想要的人生，不是只有家庭，也不是只有工作。

當然開始適應這份工作之後，妳立即明白以往悠閒的生活勢必做出某種程度上的改變，因為妳怎麼也想像不到圖書館的工作竟會如此繁忙；當然誰也察覺不出來，這座小小的圖書館，其實是自從妳的加入之後，才開始被重視了起來，或者應該說是，開始被他所重視。

他畢竟是見過世面的男人哪！他不可能把這點改變做得太過露骨，他於是安排得當地增添許多你們業務上的接觸，但也正因為安排得太過於巧妙了，於是就是連身處其中的妳也渾然不覺。

「來這麼久，第一次看見校長出現在這裡耶！」

這是妳察覺這份淡淡情愫的開始，經由工讀生無心的言語；但妳依舊只能面不改色地假裝不經意的傾聽，並且試著不加入任何的發言，儘管妳是那麼的希望她們能夠多談論一些，關於這個男人。

漸漸地妳開始知道，他的辦公室就高於你們兩層樓，然而這並不構成任何的威脅，因為他其實並沒有太多的時間出現在這棟建築物裡；當然妳也是後來才察覺，只要他一有時間待在這裡，必定會找出各種的理由過來看看妳、漸漸不再那麼巧妙的。

妳是如此渴望著他難得的出現，並且耽溺於隨之而來的眼神追逐，一方面妳如此害怕被人發現造成誤解，可另一方面，妳卻又期望著多少能被嗅出這一丁一點不尋常的氣味。

因為如此一來，才能更加證明這並非只是妳單方面的多想。

其實你們都已經發現彼此的互有好感，也不是沒想過是否能在安全的範圍裡發生些什麼、而不再是只有眼神的追逐，但阻礙就在樓上，他妻子的辦公室。

他的妻子在這大學掛了一個名，不管任何事卻管任何人；那顆看似漂亮的蘋果——妳這樣形容她——最廣為人知的一點是，她常常因為職員在業務上的疏失而當眾指著那人破口大罵，並且還不嫌麻煩的將其內容寫在電子郵件轉寄給全校職員知道。

而妳只是在想，他在妻的面前會是什麼模樣呢？又或者，妻在他的面前是以什麼姿態？

從來沒有人看過他倆同時出現，就連那次的尾牙餐會也不例外。

那次的餐會對妳而言像是一幕最最經典的畫面，那麼對他呢？妳說妳不確定。

全校的教職員齊聚一堂為忙碌的學期劃下暫時的句點，心底期待的是最後的抽獎高潮，嘴裡談論的是即將來到的新年假期。

妳一邊輕鬆的聊起將與丈夫同赴日本的旅遊，一邊卻又急於搜尋他的身影，妳深怕錯過一次他投遞過來的眼神，哪怕只是短暫的交會也好。

妳看見他是那樣幽默的和在校的教職員談天說笑，可卻遲遲不走向妳，妳於是知道他怕、他也怕，怕那長久以來積壓的情愫會在眾人眼中無所遁形。

終於，像是做好了準備那樣，他走近妳，依舊是迷人的笑，他笑著問妳工作還適應不適應哪……等等，妳低垂著眼瞼試著想做出什麼特別的回答，但妳什麼也沒辦法反應，除了傻傻的點頭。

他於是握了握妳的手，以一種正當的姿態，彷彿只是單純的為新進員工加油打氣那般；雖然只是短短的幾秒鐘，可卻足以令妳驚訝於那手掌的厚實，以及手心裡傳來的熱度，妳於是抬頭凝視這高挺的男人，剎那間妳立即明白，言語只是多餘，而靈魂即將淪陷。

「妳長得好像她年輕時的樣子。」

這是他開口的第一句話，第一次，妳聽到他親口證實。

妳說妳有點忘記這前後的經過，但誰都知道妳說謊，因為妳再清楚不過。

當他的手掌離開妳的時候，妳只感覺妳的靈魂已被抽離，妳感覺焦躁在妳的體內蔓延，妳甚至就是連坐也無法坐穩的。

妳於是說了身體很不舒服接著便提早離席，妳本來是想打電話教丈夫來接妳的，但念頭一轉，卻又決定先走一段路再說。

妳又強調這真的不是預謀，但當妳走出大街的時候，確實妳看見他從車窗探出頭，笑問道：

要不要載妳一程？

妳知道危險就在眼前，但妳唯一所能做的事情，卻是耽耽地上車。

那是一種耽溺，就像吸毒者沉溺於毒品那樣的，耽溺。

開車。

他甚至沒問妳家地址的、就說了：妳長得好像她年輕的樣子。

「你愛她嗎？」

妳索性直接的問，當一切已經昭然若揭的那時。

他不承認也不否認，卻開始說起他的人生。

他們的人生就像是一場太完美的好戲，而打從懂事開始，他們就知道這是為他們而上演，因為他們就是主角；不論從各方面來看都是如此契合的兩部好戲，最後終於合而為一，畢竟不是在別人看來、又或者他們自身的認為，都曾經是那麼固執的以為除了對方之外、就再也沒有誰能搭得上這樣打從一開始就好評不斷的戲了。

「曾經？」

聽到這裡，妳像是挑出語病那樣的問他，以一種想要確認的語氣。

「或許我還愛著她也不一定，但我愛的是最初的那個她，而那個她，已經不見了。」

他將問題又轉回妳之前的疑問，有點跳躍式的談話，卻最是他心亂的證明。

所以妳索性就更直接的問了：

「或者又出現了？」

「所以我才知道，演得完美的不一定就是好戲，而能對得上戲的，卻往往不是最搭的那個演員。」

終於妳直視了他的眼睛，妳清楚的看見那雙太過完美的眼睛裡藏的其實是無奈，正因為不得不掩飾那無奈，所以他總是笑。

而此時此刻，他不再笑，他卸下了防備讓他的原我現於無形，在妳面前。在妳這樣一個如此神似於他最初愛過的那個女人的、妳的面前。

「這是我的身體，你要嗎？」

◆之三

你們就這樣耽溺於彼此的愛慾裡，以一種極為隱密的方式。

你們都知道這樣的關係無法長久並且危險，於是你們更加小心翼翼的擁有；因為耽溺，於是你們更離不開這困境。

你們極為小心的讓事情的演變不至於失控，然而這世界上又有什麼是永遠能控制得了？

例如慾望。

妳說慾望永遠是失控的起因，因為慾望永遠不被人所控制，就連他這樣一個成功的完美男人亦是。

這不是妳第一次接到調職的通知，卻是妳第一次明白所為何故。

早在只有眼神交會的那時，妳便接到過這類的通知了，只是當時妳──甚至所有人也不一定──以為那是館長並不滿意妳對於這份工作一無所知的緣故，而現在妳總算明白了。

這是他第一次嚐到失控的滋味，在他一向順遂的人生裡，他第一次失控，他並且無法掙脫。

他不想錯過任何一個可以見到妳的機會，於是這次他又希望將妳調為他的祕書。

「不要這樣。」

在旅館的床上，妳說。

「妳不想我們多在一起嗎？」

妳沒有回答，妳只是整個人趴在他的身上，臉頰就貼在他的頸邊，這是你倆最鍾情的姿勢，能夠完全的感受對方的身體。

妳開始感覺到妳逐漸變成他的樣子，以他的思考模式，總是避開最直接的回答；於是妳再次確定，愛情不過就是誰佔了優勢的角力賽；什麼誰愛誰先誰欠誰多，終究都只是為了確認誰佔了優勢而已。

「這樣太明顯了。」

過了好久，妳才說。

「我們該怎麼辦？」

妳說那是妳最愛他的時候，因為在那個當下，他就是連心也赤裸了。

或許在別人的眼底，他是個再強勢不過的佼佼者，但在你倆獨處的時候，他卻把他的脆弱完全展示於妳。

那是你們最後一次的出軌，妳說愛情若是能在那時劃下句點的話該有多好？畢竟能在最美時結束的愛情不也是種幸福？只可惜絕大多數的人都無法擁有這種幸福。

因為慾望。妳又說。

「或許他的人生很完美，但可惜他的愛情卻充滿缺憾，我想那是因為他學不會如何真正去愛一個人，他畢竟和他的妻是同一類型的人種吧。」

「為什麼結束？」

忍不住，我終於問了妳。

「因為我看見男人的自私。」

妳說他雖然答應了妳的要求，可沒多久卻又發布了人事異動，這次他沒先問過單位主管又或者妳，就直接下達了公告。

「我看見男人的自私。」

妳再次強調。

他的妻準備成立一個新的系所，這次她不只是想要管人，也想管事了，或許唯有如此才能消化她過剩的精力吧！

而妳被指派到那新的系所成為研發小組的一員，這在別人看來或許是有高升的意味，但在妳的感覺卻只剩下男人的自私。

「他究竟在想什麼呢？把我和她擺在同一個地方是為了做出比較嗎？他怎麼會以為我能夠平靜的面對她呢？怎麼會這樣以為呢！」

妳於是當天就遞了辭呈，並且沒再回到那地方過。

回到家時妳對著丈夫哭了出來，丈夫慌了手腳直哄著妳，他以為妳的哭泣是由於你們一再延期的日本行終究因為他的無法告假而被迫取消。

「有時候我會覺得我丈夫才是最幸運的人哪！因為他自始至終被蒙在鼓裡，而真的知道了往往不會比較好過吧！」

「可是……」

我望著妳那雙美麗的眼睛，真的，我不懂——

「可是為什麼要告訴我呢？」

「因為妳讓我察覺到這段愛情的開始哪！」

來這麼久，第一次看見校長出現在這裡耶！

思緒一同回到當時，忍不住我們都笑了出來。

「而且妳已經畢業了，再也不會回到那地方了，不是嗎？」

「其實也是想要說給誰聽吧！」

「也是呀！畢竟是那麼美好的回憶呢！如果只是留在心底一個人回想，真的也是種折磨呢！」

妳又笑，凝視著妳的笑顏，我開始有點明白，何以那樣完美的男人，終究卻無法逃過慾望的控制。

「那時候我真的好羨慕妳們哪！不只是羨慕妳們的年輕喏！也是羨慕妳們能夠毫無顧忌的說出對於他人的喜歡而不造成誤解，不，就算是造成誤解也沒有關係，因為反正妳們還年輕哪！」

「這就是年輕的好處吧！」

「或許是吧。」

「我還是很想問妳耶。」

「嗯？」

「那時候你們都沒想過要離婚嗎？」

「沒有。」

「因為只是耽溺？」

妳想了想，說：

「因為代價太大，而我們都知道我們承擔不起，畢竟我們都不再有本錢了。」

最後妳祝我畢業快樂，能找到想過的人生，能遇到值得廝守的男人，並且相伴一生。

望著妳離去的背影，我真覺得女人的心底是最合適收藏祕密的地方。

其實我一直沒有告訴妳，在畢業典禮上，當我望著校長時，已經不再感覺他英挺迷人了！反而是覺得他老了好多。

如果能在最美時結束的愛情不也是種幸福。

我記得妳曾經這麼說過，於是我自作主張的讓妳對於他的記憶停留在他最完美的時候、而不告訴妳他的後來，這是我對妳的祝福。

以及我

≫寫作，治療悲傷≪

妳的文字透露出來的訊息總是不快樂。

這是當你第一次看完我的作品之後對我說的第一句話。

不快樂的人也有寫作的權利。

我微笑著反駁你、初見面的這位主編，而你當下是一楞，然後決定出版我的第一本小說、以及往後所有的，一直到我從你手中接下主編這個位子為止。

三十歲，正好是當初我認識的你的年紀。

足足四年整，我從沒沒無聞的寫手，然後勉強沾上作家的邊，而如今我取代你，成為改革這出版社的新手主編。

你說你已經喪失了市場取向的準頭、這是你推薦我的原因，也是你結束這段感情的手段。

足足四年整，我的回憶裡全是你的影子。

我們就到這裡好不好？

那晚你在電話裡淡淡的丟下這句話，我沒有意見，我們之間相處的模式從來都是你做決定而我無異議的接受，我從來沒有懷疑過你的判斷能力，所以你才在我上任的第一天 **mail** 給我一篇長篇小說嗎？

她的文字讓人有一種開始想要相信愛情的力量。

我看了你的標題，於是簡略地讀起這篇稿子。內容是現在流行的網路小說，大約是在描述一對年輕男女之間的愛情故事，文筆清新幽默，字裡行間有日劇裡生活場景的氣息，書中人物彷彿是以村上春樹式的型態生活著，說穿了就是那種容易被時下青少年接受，並且引起廣泛討論的新新小說。

我沒有讀完這部小說，所以我還沒有開始想要相信愛情，但是我已經決定要用這本書。因為我是女人，所以我做決定時從來不浪費女人的直覺，所以我決定馬上打電話給這位作者，但是我沒想到的是她／他？竟然只留下筆名和手機號作為聯絡的方式！

我沒想過這麼大膽的新手。

就如同我猜測中的一樣，聽筒裡傳來的是一位年輕女生細緻的聲音。

在我簡明的告知來意並且交代完整件事情的經過之後，對方並沒有我想像中的興奮，幾乎可以說是不帶任何情感的只說了聲謝謝，讓我一度懷疑電話的那頭是不是本人？

氣氛頓時變得有點冷，這完全不在我的預期裡，雖然過去我只接觸過你這麼一位主編，但是當時主編與作家之間的對話總是熱切，並且話題難以結束。

於是我在尷尬之餘只好問她還有沒有什麼問題？對於小說即將被出版的這件事。

我原本以為她會問關於稿費或版稅之類的民生問題，但沒想到她關心的只是什麼時候可以看到書的出版？

原來她一直希望能在生日前看到這書被出版，我扳扳手指，只剩三個月不到的時間，於是我勉強的承諾她盡可能趕看看；這個承諾其實有些冒險，因為我不但連全文都還沒讀完，甚至連老闆都還沒知會一聲，但是不知道為了什麼我很想要這麼做。

末了我告訴她有些細節還會陸續和她討論，希望能得到她進一步的相關資料時，她卻顯得遲疑，她說她不願意任何人看了這書會聯想起她這個人，甚至她搞不懂為什麼老是有作家喜歡在書裡談起自己、有些更是連自己的祖宗八代也不放過。

每次我看到書店裡那些拿作者照片當封面的書都會感到莫名其妙的想哭。女孩最後如此說是。

於是我終於鬆了一口氣，雖然我的作品總是以真實生活經驗架構出虛擬故事，但是還好我從來不讓自己的照片出現在書裡，所以我應該不至於害她沮喪才是。

你說從一個人的閱讀習慣可以去了解那人。

午夜前十分鐘我接到你詢問的電話，你問我讀完那篇稿子沒？你的聲音顯然遙遠而且瑣碎，我隱約記得你說要去旅行，但是我不確定你現位於哪個國度什麼時刻用什麼貨幣說什麼語言，是不是一個人？其實我不能確定的是你告訴我的那句話——我們就到這裡好不好？

因為此刻你的聲音聽來彷彿什麼也沒發生過，彷彿一切只是我的誤會，只是我做了一場關於你說要分手的夢，只是那夢太過真實而且冷靜，而且來得突然，令我一時間還無法判斷它的真實性。

或者應該說是接受？

所以我依舊習慣性地以小學生的姿態，嚴謹的向你報告我的讀後心得，但我還沒提及對於那個年輕女生的想法時，你便急切的打斷我的話。

你問我是不是沒看完全文？

是呀。我說。

所以妳不會知道其實男主角在一開始就已經死了。

我當下是一楞，然後完全喪失了睡眠的能力，我神經質的離開棉被打開電腦，重新仔細用心的閱讀這第一本被我決定出版的小說。

就如我之前的直覺，是一部具有市場價值的愛情小說，但也像你告訴我的那樣，不到最後一刻是不會發現原來男主角早已經死亡的真相。

奇怪的是，我開始喜歡這故事，並且開始好奇那個年輕女生寫作背後的動機，只是我還沒開始準備要相信愛情。

我用了一整夜的時間反覆閱讀這故事直到天亮，並且一到公司便表明在三個月內出版這書的決心。出版社顯得有些為難，我知道他們原是希望我出版我自己的作品或是已具知名度的作家，而非這樣一個無人知曉的新新寫手，但最後仍然支持我的決定，我想若不是因為之前我的作品賺了些錢的原因，就是你曾大力推舉過我這個人。

隨後我馬上打電話給年輕女生，以要和她討論合約書的後續處理動作為目的，但主要原因還是想問問她：為什麼要對男主角做這樣的安排？

以一個寫手的經驗來說，這也可以是一個歌頌愛情的小品，但是為什麼要讓它帶著遺憾的結局？儘管最後的真相的確是增加了它的故事張力，帶給讀者一種見山是山、見山不是山、見山又是山的境界。

我的意思是，為什麼要讓男主角死去？甚至一開始便不存在？為什麼要讓這個故事從現在進行式變成回憶性質的過去完成式？

妳不認為這就是寫作吸引人的地方嗎？女孩的聲音傳來她的年紀該有的俏皮。

在現實人生裡我們無法操控別人的感情，即使是做了再大的努力也不一定能得到對方的回應，更悲哀的是，我們不但無法操控所有人、包括自己的感情，就是連操控自己的命運也辦不到欸。

我們無法操控自己的命運？

坦白說，我從來不這麼認為，至少藉由那些教導人們如何成功的暢銷書裡是不會透露出這樣的訊息。

是呀！我們無法操控自己的命運，女孩又說。不但是命運這種事，就是連體重、心情、血壓、肌膚狀況、交通號誌……這些瑣事都難從心所願，所以這就是寫作吸引人的地方呀！

寫作吸引人的地方？

嗯，透過寫作，我們可以任意的決定書中人物的一切，也可以說是、透過寫作的形式來滿足作者對於現實生活中的遺憾，很狡猾，不是嗎？

很狡猾，不是嗎？

你為什麼要寫作？

在發給你的 mail 裡，我忍不住想問問你。

當初你曾經問過我這個問題，而我回答你說一開始我只是將寫作視為興趣，後來它變成我的專長，現在則是我的謀生工具。

其實我想問你的是，你是不是透過我的文字開始愛上我的？為什麼從我的文字感受出不快樂的訊息？

那從來不是我刻意傳達出來的訊息。

我從來不曾想要透過文字洩露我真正的心情。

我想問你的是為什麼透過女孩的文字你會開始想要相信愛情？因為現在的我開始對女孩產生了巨大的好奇，只是我無法確定是透過她的文字或是她的聲音？還是她思考的模式。

為什麼你會想去流浪？

你說旅行只是流浪的美化名詞，為有錢的流浪漢所創造出來的代名詞，所以你想要以一種放逐的姿態來進行這種美化的動作。

你現在人在哪裡？有沒有隨身帶著你的 notebook？收到我的疑惑沒？收到我的思念沒？

你知不知道我在想你？

這幾天我持續的進行為這篇小說潤稿的動作，同時也收到其他大量的投稿；但我發現除了排版之外，幾乎無法去更改這篇稿子的內容，更讓我感到沮喪的是，我喪失了寫作的信心。

為什麼會這樣？

我收到了女孩寄回的合約，那彷彿意味著我已經失去了要再打電話給她的必要。

我看著上頭龍飛鳳舞的字跡，開始努力的試著去拼湊出女孩的模樣；我很想再打電話和她聊聊，聊聊所謂的人生或者千篇一律的政治，或者交換彼此的愛情觀或消費情報也好，還是問她對於網路上流傳的使用止汗劑、穿深色內衣容易得乳癌的說法到底正不正確？再不然和她討論對於訐譙龍或者是壹週刊的看法也可以。

其實我想告訴她的是關於一位作家和主編之間曾經發生過的愛情故事，看看她是不是有興趣將它寫成一個故事，因為我曾經有過這樣的念頭，將我們之間的故事轉化為文字的型態呈現在你的面前，但那是在我收到這篇稿子之前，現在我懷疑自己喪失了寫作的能力。

為什麼她要告訴我，透過寫作的形式來滿足作者對於現實生活中的遺憾是一種狡猾呢？

其實我知道我害怕什麼。

過去我害怕過倘若這樣的一篇稿子交到你的手上，你會是什麼樣的反應？你希望有怎麼樣的結果？

現在我害怕的是當你看到了這一篇以你為主角的故事，會有什麼樣的想法？會不會終於明白到我對你的感情？終於明白我對於我們之間的看法。

那不是明智的作法，你一定會這麼說，尤其當我們已經習慣用互相傷害的方式來作為測量愛情深度的工具之後。

你告訴過我，你是在當主編之後才停止寫作的，那麼，當初你又是為了什麼寫作？你有沒有想要將我們之間存在過的愛情寫成一部作品的念頭？然後換成我是主編，由我為你出版這個愛情故事？

寫作是治療悲傷的一種手段。

一個星期之後，我再度接到你的電話，時間同樣是午夜前的十分鐘。你的聲音有久違的神采飛揚，你沒提過我寄給你的那封mail，你告訴我說這陣子你仍在這島上，沒有按照原訂計畫去國外放逐的原因是你必須去查證一些事情。

你去了哪裡？

你又提起那篇稿子，你說你按照文中曾經提及過的地點走了一趟，結果你發現那些場所是確實存在的。你得意的說，你開始懷疑這虛構故事裡的真實性。

你認為作者會透過寫作的型態來彌補現實人生裡的缺憾嗎？

為什麼這樣問？

是那個女孩告訴我的。

於是我轉述了與年輕女孩簡短的交談，但是刻意的保留了我對她的好奇，以及對你的思念。

始終把自己放在安全的位置上，這是我長久以來的習慣。

坦白說，我很吃味你竟然為了一個未曾謀面的女孩而改變你原訂自我放逐的計畫，只為了想證明她筆下的真實性，只是單純的想去走過她存在過的場所。

我感到嫉妒，以及前所有未有的憤怒。

其實我不認為寫作是要彌補現實人生的缺憾。你淡淡的說，口吻和當初你說我們就到這裡了的時候一般的淡，不帶任何情緒的輕描淡寫。

我覺得寫作應該是治療悲傷的一種手段，除非是痛到心裡了，否則誰也沒有勇氣將它轉化為文字呈現在他人面前。

寫作是治療悲傷的一種手段？

妳見過那女孩嗎？你突然問。

沒有。我說。

那，妳現在開始相信愛情了嗎？

你又問，而我開始沉默。

妳總是這樣，妳只關心自己的文字，妳總是在書裡質疑愛情諷刺人生，妳甚至不在乎妳的文字所傳達出來對於讀者的感受！妳以市場的需求來寫作，卻從來不在書裡洩露自己真正的心意！

很好，你終於又開始指責我，不再是以一個主編的身分、而是以……朋友？真的很好，我們之間的關係又回到從前，我們無視於對方的感受而互相指責，以互相傷害的程度來測量愛情的深度，這是我們之間慣有的相處模式。

這就是我認為妳能取代我的原因，妳終於有正當的理由只關心銷售量，只在乎作者何時交稿，我得承認關於這一點妳做得很好。

那你呢？我反問，平靜的問。

你楞住，對於我的平靜。

你為什麼寫作？你是透過我的文字而愛上我的，還是其他什麼原因？為什麼不出版這部作品再離開？為什麼要由我來出版這部作品？為什麼要告訴我，它讓你開始想要相信愛情？為什麼你能夠輕鬆的決定我們已經走到終點？你有沒有發現或許是你已經習慣了用逃避的手段來面對問題？你有沒有想過離開的人可以走得瀟灑，那被留下來的人呢？被留下來的人到底該怎麼辦呢？

那就是我 mail 給妳這篇稿子的動機，我只是想要妳能用心的看它。

而不是開始相信愛情嗎？我問。

我回答妳了！關於為什麼要寫作的問題。

你最後說。

妳開始相信愛情了嗎？

隔天我打電話給年輕女孩，告訴她想要見面的念頭，顯然她很遲疑，而且認為沒有必要。

於是我把和你之間的故事告訴她，包括你的查證和昨天我們久違的爭執，我告訴她真的很想看看是怎麼樣的一個女孩所創造出來的文字，會讓我深愛過的男人開始想要相信愛情。

終於她同意和我見面，只是我沒想到她給我的是一個病房號碼。

當我戰戰兢兢的循著地址找到女孩之後，出現在我面前的是一個削瘦並且蒼白的漂亮女生；旁邊桌上擺著一個相框，裡頭是她過去健康時的美麗容貌，就像她書裡描述的女主角那樣。

妳很幸運，因為再遲一天的話就看不到我長頭髮的樣子了。

怎麼會這樣？

癌症，末期了。

女孩淡淡的說，嘴角隱約可見兩個迷人的梨窩；人生很不公平不是嗎？過去我總是這樣想，但是現在我覺得這句話才是真正的不公平，終於在我生命結束之前讓我體會出這個道理，妳想這不也是一個很好的開始嗎？

而我沉默，一時還無法從震驚中恢復過來，於是女孩開始回憶起過去的自己。

女孩說過去她什麼都不怕不在乎，她把醫生的話都當成屁，她無懼於死亡的威脅，放任自己接受大量的濃菸烈酒，她喝大量的咖啡以保持清醒，沒有安眠藥無法入睡，偶爾也會使用藥物換取快樂的錯覺。

為什麼這樣？書裡的女主角不是這樣子的。

我只是保留了後續部分的事實，畢竟這世界已經夠不快樂了不是嗎？如果當初能在男女主角最快樂的時候劃上句點，像書中那樣，多好？

他知道嗎？

我們很久沒聯絡了，我曾經從手機傳過訊息給他，但是沒有得到他的回應。

為什麼不打電話給他？

我想讓他知道我在想他，但還是希望能夠是由他來找我，但顯然不是他沒收到就是他不想見我，不過答案是什麼都無所謂了！我不知道他現在人在哪裡？在做什麼？我只希望他能夠過得很好，偶爾想起我這個人的時候，臉上還會有一抹微笑。

所以妳讓他在書中死亡？

看過日劇《美麗人生》嗎？

嗯。

妳有沒有發現大多數的人都習慣站在男主角的角度來看這場戲？或者應該說是連作者也是站在男主角的立場來寫這部戲的也不一定！因為我們下意識地習慣讓自己處於優勢的狀態，我們偏好以拯救者的姿態來表揚愛情，但是很少會有人想到，如果換成我們是殘缺的一方呢？我們還能有同樣的勇氣嗎？

為什麼不告訴他？

妳相信緣分嗎？

我搖頭。

我不確定自己是不是相信愛情，但是我的確相信緣分這種東西；與其直接地告訴他有個人寫了一本關於他的書，我寧願是他偶然間走進書店裡看見這本書，然後或許他會有種似曾相識的感覺，或許他會模糊的想起我這個人，但是我寧願他最好不要。

為什麼？

為什麼？其實寫這本書對我來說很冒險，因為他並不知道我那麼愛他。

這樣公平嗎？

公平？只有當面臨死亡時，我們才會發現自己的微不足道！

公平……無所謂了！

請停止思念好嗎？

幾天之後我收到寫有你親手筆跡的明信片，埃及，果然是你的 style，適合流浪的國度。

恍惚間，我以為那是寫給自己的手札，因為已經好些年沒收過別人親手寫信的書信，甚至我也從來不曾親筆寫過信件；資訊太過便利的結果是人與人之間的疏離越發明顯。

你說原本收到的是女孩親筆謄寫的手稿，你說收到作者親自寄來的手稿帶給你一種莫名的感動，於是你親自將它 key in 成文字檔寄給我，你說自私的希望能獨享那手稿，卻又希望能分享那故事。

你請求我的諒解，是對於你私藏手稿？還是我們之間的結果？抑或是你選擇的逃避？

人們只有當面臨死亡時才會發現自己的微不足道，所以，無所謂了。女孩等不及見到書的出版，所以我決定帶著這書去找男孩。

這是我們之間的約定，她答應讓我去找男孩，我答應她保留故事的後續發展。

我帶著女孩給我的地址搭末班班機南下，去尋找你走過的足跡，去感受他們存在過的場所，去見女孩生前愛過的男孩、不知情的男主角。

他顯得很訝異，但不至於認為沒有必要。

男孩就如同書裡描述的那樣，有迷人的特質，活脫脫像村上春樹書裡走出來的人物，我的直覺告訴我，女孩不會後悔愛過這樣的人，甚至將他們之間發生過的事轉化成文字呈現在眾人面前。

寫作應該是治療悲傷的一種手段，除非是痛到心裡了，否則誰也沒有勇氣將它轉化為文字呈現在他人面前。

我記得有個男人曾經對我說過這樣的話。

我們很久沒聯絡了！我沒想到有一天她會變成作家。

男孩大略的翻著這書一邊說，顯然他看得不夠仔細，還未能發現這是一本和他有關的書，還沒讀到故事的結果。

我發現男孩不再有抽菸的習慣，這點和書裡描述的不同，可能是他後來戒了，但我想這是一個很好的開始。

她現在過得怎麼樣？

她過得很好，不能來的原因是……有些事忙。

她頭髮留長了嗎？

嗯？

我沒見過她長頭髮的樣子，以前我們一吵架她就會去剪頭髮，所以……我從來沒機會看她留長頭髮，不過我想一定很美吧！

我沒見過她短頭髮的樣子，不過她留長髮的樣子的確很美。

我突然覺得有些鼻酸，面對這不知情的男孩，差點失去了繼續撒謊的勇氣。

於是氣氛被我弄僵了，男孩最後留下他的手機號碼，他說如果女孩願意的話，請打這個號碼給他，他還是很想見女孩一面的。

我看了上頭的號碼，終於明白為什麼女孩傳出去的訊息始終得不到回應。
和男孩道別之後，我突然很想打電話給你。
想聽聽你的聲音，想親口告訴你我正在想你。

︾〇七二六︽

◆之一

「再過十分鐘我們就要從今年愛到明年囉！」

時間是二〇〇二年十二月三十一號午夜前的十分鐘，地點是在台東我的原住民朋友部落裡的豐年祭，我接到小恩的電話，小恩一貫輕輕柔柔的聲音夾雜在我周圍震耳欲聾的喧嘩聲裡，教我差點就要聽不清楚她說什麼了。

從來就不適應環境，老要環境去適應她的個性，小恩一貫的個性。

「妳現在人在哪呀？怎麼好安靜的感覺？」

「我在想你呀。」

答非所問的回答，小恩一貫的回答。

「和橘子在一起嗎？妳們到底在哪跨年呀？妳現在在聽什麼歌？好耳熟的感覺……」

「再給你最後一次機會，十分鐘後過來。」

「別鬧了寶貝，我現在人在台東耶。」

「好吧，那十分鐘後打給我，誰準時誰就贏囉。」

然後小恩就掛了電話，想說的話一說完馬上就掛電話、連聲再見也不留給對方的思考模式，小恩一貫的思考模式。

誰準時誰就贏了？什麼意思？

小恩到底人在哪裡跨年？是不是和橘子在一起？身邊聽的到底是哪一首歌？

時間是二〇〇三年的前夕，地點是小恩嫌太遠人太多而不想同我一起來的台東的我的原住民朋友部落裡的豐年祭，我被小恩搞得一頭霧水。

五—四—三—二—！Happy 二〇〇三！

二〇〇三年的第一刻，我身邊的朋友們激動的互相擁抱親吻，我在給了七個擁抱以及被擁抱十二次之後，我走出人群，挑了一個安靜的角落，為的是撥電話給小恩。

我瞄了一下手錶，還好，時間還停留在整點，這樣應該算是準時吧？

系統現正忙碌中，請稍後再撥。

手機傳來禮貌而冰冷的女聲，就知道！每年都這樣。

去年的這個時候，我傳了一個簡訊給當時還不是我女朋友的小恩，結果五個小時之後簡訊才傳達至她的手機裡；我總是在想，在那五個小時的時空裡，我送出的簡訊到底流浪在哪裡？

算了吧！

我把手機塞回牛仔褲後口袋裡，重新走回人群，和我的原住民朋友一口一口的喝著白濁濁的小米酒。

要是小恩在的話該有多好！這是我生平第一次參加這種豐年祭的跨年，而同樣從來沒參加過的小恩卻說太遠人太多她沒有興趣！

「和我在一起很無聊嗎？為什麼一定得去參加你朋友的豐年祭呢？這是我們第一次的跨年欸！」

在喝下第七杯小米酒的同時，我想起在聖誕夜時和小恩一同討論跨年的這段對話，而地點是墾丁的凱撒，在面海的房間裡。

「並不是好不好寶貝，只是這是很難得的機會呀！」

「不要，台東太遠豐年祭人太多，你自己去吧。」

「這樣吧！我們隔天去住理想國，妳不是一直說理想國很美嗎？」

「既然你這麼想去的話就自己去呀！不用什麼事都考慮到我沒關係，法律又沒明文規定跨年一定要和情人過。」

我知道小恩在說氣話，那陣子的小恩看起來很煩的樣子，只是我不知道小恩在煩什麼，我沒敢問，也忘了問。

「那妳跨年要在哪過？」

「你這麼問的意思就代表你還是決定要丟下我一個人跑去那個鬼豐年祭囉？」

很明顯的，小恩已經不只是在說氣話，而是開始生起氣來了。

「別這樣嘛寶貝！我都已經和朋友約好了呀！晃點他們的話會被幹譙到臭頭的，妳難道希望妳的情人我在朋友眼中是一個見色忘友的人嗎？」

「隨你怎麼說！」

然後小恩起身，把自己關在浴室裡，我躺在床上聽著浴室裡傳出來的流水聲持續了一個小時那麼久之後，小恩才重新出現我面前，表情換上那甜似糖的笑容，我最愛的小恩的表情，那甜似糖的笑。

「真想去的話就去吧！人生總是不能一直錯過呀！」

小恩沒頭沒腦的丟下這句話，我仔細的盯住小恩的眼睛，發現那裡頭有哭過的痕跡，我不知道為什麼，我只知道那陣子的小恩好像很煩的樣子，而我始終沒問小恩在煩什麼。

不過只是一個跨年嘛！有必要搞得這麼僵嗎？我當時心想。

但我後來才知道原來我錯得厲害，我後來才知道當時的我究竟是錯過了什麼。

「我可能會和橘子一起過跨年吧！認識她都好幾年了，兩個人卻從來沒一起度過跨年，算什麼最好的朋友嘛。」

小恩如此說道，然後走進我的懷抱，親吻。

關於跨年的這個話題就這樣草率的被結束。

「想女朋友呀？想得這樣出神。」

朋友問。

「嗯，在一起的時候雖然會覺得她過分神經質又非常難侍候，但不在身邊的時候，才發現還怪想她的，兩個人還是在一起比較好吧。」

「喝酒喝酒，別想太多，反正又不是就見不到的啦。」

「五天了。」

「吭？」

「我們從聖誕節之後就沒再見過面了。」

「才五天。」

「我想起來了！」

「蝦米？」

小恩剛才在聽的歌，我想起來了，莫文蔚的，〈午夜前的十分鐘〉。

時間是二〇〇三年的第一個鐘頭裡，我想起來小恩在跨過二〇〇三年的那一刻聽的是什麼歌，只是我怎麼也沒想到，那卻也是我失去小恩的開始。

◆之二

「新年快樂。」

在二〇〇三年的第一道曙光裡，我接到橘子的電話，口氣客套裡帶著疲憊，想必也是狂歡了一整夜吧。

「新年快樂。」

「小恩咧？」

客套之後馬上就直接切入主題，橘子這點和小恩倒真有那麼一點像，只是兩人的差別在於，小恩連客套都會直接省略。

「我一個小時前才收到小恩在整點時發出來新年快樂的簡訊，回撥過去時她已經關機了，想說你們大概正在忙吧！嘿嘿～所以現在才打過來囉！還是關機耶！小恩在睡覺哦？怪了，她是那種睡覺也不關機的人呀！還是手機沒電了？」

橘子哇啦哇啦的自言自語著，我卻聽得心直往下沉。

「我以為小恩和妳一起跨年。」

「沒有呀！小恩從來沒問我一起跨年呀！再說我直覺你們應該會一起過吧！情人不都是這樣的嗎？這麼值得紀念的時刻一定會希望和對方一起過吧。」

再過十分鐘我們就要從今年愛到明年囉。
「你們跨年沒一起過?」
再給你最後一次機會，十分鐘後過來。
「是不是吵架了?我最後一次和小恩見面……大概三、四天前吧!就覺得她怪怪的，好像有什麼心事的樣子。」
好吧!那十分鐘後打給我，誰準時誰就贏囉。
「喂!你還在吧?」
「我現在去找小恩!」

飆了五個小時的車程，我終於趕到小恩的公寓，然而出現在我眼前的，卻是抱著膝蓋蹲在門口的橘子。
「妳也來了?」
「嗯，越想越不對勁，所以就趕來看看，你有小恩的鑰匙嗎?」
我點頭，拿出小恩打給我的備份鑰匙，開門。
心冷卻。
「跑哪去了這女人?二〇〇三年一開始就搞這種飛機。」
「走得很匆忙的樣子。」

「嗯？」

「她的衣櫃空了一半，上面的行李箱不見了，手機甚至沒有帶走。」

我拿起小恩的手機，看。

訊息：七封。

未接來電：十二通。

前十次通話，已接聽電話。

時間：23:59

日期：31-12-2002

「妳認識這個人嗎？」

我將手機交給橘子，問；而橘子接過手機，看，接著是一陣令我難堪的沉默。

「我好累，想先在小恩這睡一下，說不定她等一下就回來了。」

「手機可以先交給我保管嗎？」

「為什麼？」

「因為我有一種小恩好像會離開很久的預感。」

「告訴我那個人是誰好嗎？」

「等我確定了再告訴你，你先好好睡一覺吧！別想太多，試著什麼也別想的睡一覺吧！再見。」

再見……

小恩，小恩甚至連最後的再見都沒留給我呀！

這就是妳最大的暗示嗎小恩？

在這張躺過無數次的小恩的床上，我睡得極不安穩，恍惚之間我做了個詭異的夢，夢裡出現一間燈光全暗的KTV包廂，包廂裡只有小恩獨自一人，用她那輕輕柔柔的聲音唱著莫文蔚的〈午夜前的十分鐘〉。

妳怎麼在這裡？我著急的問小恩。

你來了呀！都已經過了好多個十分鐘欸！

小恩說，小恩的臉上淌著淚水可嘴角卻依舊漾著笑，這樣的小恩，美麗得淒厲。

接著小恩放下麥克風，螢幕的畫面跟著也熄滅，小恩走向我，穿過我的身體。

遠離。

小恩！

我倒抽了一口氣醒來，怔怔地望著四周，沒有KTV，沒有小恩，只有被她遺棄的這個房間，還有我。

我離開的時候小恩依舊沒有回來，我一直盯著衣櫃差不多有七個時節那麼久的時間，因為我始終認為這只是一場惡作劇，一場小恩和橘子串通好要開我玩笑的惡作劇，而小恩其實一直就躲在那衣櫃裡，等我去找她出來，然後我會很生氣很認真的告訴小恩——再怎麼任性也該有個限度好嗎！

但這到底不是，小恩到底沒有躲在衣櫃裡，小恩不見了，逃跑了，不告而別了。走的時候我替小恩關上衣櫃的門，取出她放在音響裡那張莫文蔚的CD，最後我在小恩的桌上留下一張紙條：

我不知道妳去哪裡了？什麼時候回來？但我會一直等妳，等到妳回來找我為止。

P.S.那間妳一直期待著的我的夜店，我想好名字了。來找我。

小恩離開之後，每到午夜前的十分鐘，我就會撥通電話到她的手機裡去，換句話說，每當午夜前的十分鐘，我總是懷抱著一個希望，我希望電話接通之後出現的會是小恩的聲音，用她那一貫任性的態度對我要求著：我不管你現在人在哪裡！十分鐘後馬上給我過來！用飛的！用飛的也要給我飛過來！

然而每當電話被接起時，我的希望卻總是落空，因為接起電話的人總是橘子，而不是小恩。

小恩離開之後的第七天，我沒有撥小恩的電話，因為橘子提早一分鐘打過來給我，她的聲音聽起來相當糟糕，透過電話線、我可以明顯地感受出她此刻混亂的失控的思緒。

「我本來不想說的，因為我怕你聽了之後擔心，可是小恩一直不回來也沒消息，再不說出來的話我怕我會瘋掉的。」

「沒關係，妳想說就說，不用擔心我，我頂得住的。」

「有次小恩突然問我，如果她告訴我說她想去死的話我會怎麼想？我當時反應不過來，只是哇啦哇啦的說了一長串冠冕堂皇的漂亮話，但後來我才想到我竟然忘了告訴小恩最重要的一句話，那就是我會很難過很難過，因為我失去了這個世界上最重要的朋友，你想我還有機會把這句話告訴小恩嗎？」

「小恩……為什麼會這麼想呢？」

「你難道從來沒有發現嗎？小恩有躁鬱症，她一直被精神衰弱所困擾著，你是最親近小恩的人，但你怎麼會、怎麼會從來沒發現呢？」

我沉默，沉默的難過著。

「對不起，我剛才的口氣不太好。」

「沒關係，我真的有錯，因為我真的從來沒發現這點，我一直以為那只是很單純的情緒化而已。」

「或許也只是因為小恩不想讓你發現，而拼了命的在你面前不露痕跡，但結果卻搞得自己神經更衰弱……」

「可以告訴我了嗎？電話裡的那個人是誰？早我一分鐘打給小恩的人是誰？」

好像過了一個世紀那麼久，橘子才幽幽的說：

「在你之前，小恩愛過的一個人。」

「……」

「小恩也沒有很明確的告訴我什麼，但聽說他最近又回來了。」

橘子最後說。

◆之三

每天到了午夜前的十分鐘，我依舊會按下小恩的那個號碼，因為那已經變成了我的一個習慣，儘管每次接起的人依舊是橘子，儘管我的希望總是落空。

好像是一種無言的默契似的，那天以後，我和橘子的談話內容總是刻意不提及小恩，還有，她的不告而別，又或者，早我一分鐘打電話給小恩的那個人。

而橘子從來也不問我為什麼總在午夜前的十分鐘撥出這個號碼，或許她知道為什麼，或許不，我不確定，也沒想過要確定。

確定什麼呢？

雖然我每天依舊會撥出小恩的號碼，每天依舊不放棄的懷抱著一個希望，但漸漸的，我和橘子的談話內容越來越短，或許是因為少了小恩這個共通話題的緣故，或許也只是很單純的因為生活的忙碌吧。

過完中國年之後，我規劃了好久的夜店也已然逐漸成形，每當我埋首於這店的準備工作時，仍是會不由自主的想起小恩，當時還在我身邊的小恩。

「欸！你想好你的店要取什麼名字了沒有？」

「連個影子都還沒看到就先想名字會不會未免也太快了？」

「所以呀！你才要先把店名想好，這樣目標才會明確嘛。」

「就取作小恩怎麼樣？」

「不怎麼樣。」

「……」

「欸！答應我，當你的夜店開張了以後，一定要告訴我哦！我一定要去看看你的店，就算那個時候我們已經失去了聯絡、你還是要把我找出來，無論如何都得告訴我哦！」

小恩……當時的小恩就已經預知到我們會有的結局嗎？

「有時候我覺得好奇怪，為什麼我們兩個人竟能合得來呢？」

「那是因為妳太愛我了。」

「神經，我是很認真的思考這個問題耶。」

「喂……我也是很認真的回答呀。」

「我們明明就是兩個完全不同類型的人呀。」

「是嗎？」

「就是呀！例如說你是活在未來的那種人，而我卻是活在過去的人呀。」

活在過去的人……這就是小恩給我最大的暗示嗎？

春末夏初，我的夜店終於到了只差把鑰匙插入、門打開就可以開始營業的最後階段了！

朋友老問我怎麼一切都已經就緒了、就是遲遲還不開張？

因為我在等人。常常我以為我這麼回答了，但結果我總是沒有，我總是答非所問，下意識的答非所問。

然後我才發現，原來太愛一個人的時候，在不知不覺中是會學起她的一切的。

學妳。

夏天正式到來，時間是二〇〇三年七月二十五號午夜前的十分鐘，地點是在我的夜店裡，我來做最後一次的檢視，並且撥下這家店裡第一通發出的電話——

我按下那熟悉的十個數字，但結果接聽的人還是那熟悉的聲音。

「最近過得如何？」

「好奇怪的問法，我們不是每天都電話聯絡嗎？」

「也是呀，但畢竟好久不見了嘛！」

好久不見了嘛！這句話像是一把利刃同時刺進我們的心底，因為我們同時想起最後的那次見面，在小恩的公寓裡，在被小恩遺棄了的公寓裡。

「我還是老樣子囉！完全性的沒有能嫁出去的跡象……你呢？最近在忙什麼？」

「我的店要開囉！」

「咦？」

「我計畫了很久的夜店哪！明天開幕。」

「哇！恭喜恭喜～～」

橘子在電話的那頭尖叫著，我於是笑著把聽筒拿遠，這好像是自從小恩不告而別以來，我第一次能開心的笑。

「要帶什麼禮物去給你慶祝呀？」

「妳知道我想要的是什麼禮物。」

「……」

「對不起，氣氛好像被我搞僵了。」

「沒關係，你想要的禮物和我一樣。」

「別管禮物了，妳人來的話我就很高興了。」

「店名叫什麼？」

「〇七二六。」

〇七二六，小恩的生日，這是我送給小恩的生日禮物，可我卻無法確定，小恩到底會不會能不能收到。

小恩……

妳究竟去了哪裡？現人在哪裡？妳知不知道我一直在想妳？

妳知不知道我和我的〇七二六永遠守在這裡等妳？

橘子一直沒來〇七二六，我不知道為什麼，沒問，也沒時間問。

〇七二六的生意遠遠超乎我預期中的好，很多的客人都問我為什麼要把店名取為〇七二六？

但更多人問的是，為什麼每到午夜前的十分鐘，店裡震耳欲聾的音樂就會被突兀的關掉，然後換上莫文蔚的〈午夜前的十分鐘〉。

我總是微笑以對而不多做解釋，因為有的時候我會發現其實並沒有必要對別人解釋太多，更多的時候我會發現，當我們太愛太想太思念太牽掛一個人的時候，的的確確是會開始學起那人的一切的。

不解釋，從不解釋的小恩……

小恩，妳還欠我一個解釋，妳知道嗎？

妳還記得我嗎？知道我還在等妳嗎？

◆之四

夏天過去秋天來到，在一個下著大雨的秋夜，到了十一點五十分時，我一貫的把店內音樂換上〈午夜前的十分鐘〉，然後撥出那十個號碼。

「妳到底什麼時候才肯大駕光臨我的○七二六呀？」

沒有回應。

「橘子？」

「好久不見。」

我倒抽了一口氣，抬頭，看見小恩就站在門口，以她那甜似糖的笑。

那張臉曾在每個午夜夢迴的傷心子夜折磨著我，而如今卻安安穩穩的出現在我面前，臉上甚至有我不曾見過的平靜。

我睜大了眼睛不敢閉上，但沒想到眼淚竟就掉下來了。

我曾經在腦海裡揣摩過千百次和小恩重逢時會有的情景，但我怎麼也想不到原來我竟會哭。

「你的眼睛也在下雨呀？」

小恩笑，然後坐在吧台前的位子，我們一直沉默到莫文蔚唱完〈午夜前的十分鐘〉，然後酒保換回原來吵雜的音樂時，小恩才又說：

「好有意思的一家店。」

橘子終於把禮物送來給我了。

「我沒想到你會用我的生日當店名呢。」

「為什麼要逃跑？」

這是我開口的第一句話。

為什麼要逃跑？這是我一直以來的疑問。

「因為想把自己想清楚。」

「想清楚了嗎？」

「嗯，想清楚了，所以我回來了。」

「去了哪裡？」

「日本。」

「嗯？」

「去做一件想了很久的事。」

你難道從來沒有發現嗎？小恩有躁鬱症，她一直被精神衰弱所困擾著，你是最親近小恩的人，但你怎麼會、怎麼會從來沒發現呢？

「我一直就好想去長野的深山，躺在雪地裡，看著滿天的星星，然後一片一片的嚼著安眠藥直到死掉為止，不要給誰發現，就這樣安靜的死掉，也不給誰帶來麻煩，多好。」

「……」

「但是好不容易到了那裡，才發現我拿錯藥帶成避孕藥了，所以只好摸摸鼻子繼續活下來囉。」

忍不住我笑了出來。

「原來妳一直有吃避孕藥呀！早知道以前我就不戴套了，差點把我給悶死哩！為什麼不早說呢！真是的。」

小恩跟著也笑，那甜似糖的笑，小恩的笑。

在談笑間我替小恩調了一杯她最愛的長島冰茶，我則是喝威士忌不加水不加冰，我們就像是久違了的朋友那樣，互相交換著彼此遺落的生活片段，感覺好像回到了以前我們最初相戀時的情節。

但我感覺得出來，小恩刻意迴避著某些話題。

突然的，小恩卻說：

「對不起。」

「嗯？」

「我的不告而別，對不起。」

「為什麼？」

「那天……等不到你的電話，突然有一種無論如何也想要逃跑的念頭。」

「我……我有打電話給妳的，只是系統忙碌……遲到了。」

小恩低垂著頭，我看不清她此時此刻的表情，但我可以感覺得出來，小恩的思緒亂飛，我不知道為什麼。

「為什麼呢？為什麼你把我愛得那麼好、但我卻還是覺得欠缺呢？每次接到你的電話、每次你陪在我的身邊，我都感覺到不可能會更幸福了！但是一旦掛上電話、一旦你離開之後，我卻又寂寞得好想哭，卻感覺寂寞到快要死掉了！但這也是沒有辦法的事呀！再怎麼相愛的兩個人都不可能二十四小時不分開的不是嗎？我也知道呀！所以我在想，是不是我這個人有什麼毛病呢？是不是欠缺愛人的能力呢？這樣的我真的能被愛嗎？」

「為什麼不告訴我妳的躁鬱症呢？」

小恩一楞，聳聳肩，無可奈何的說：
「橘子還是告訴你了呀！那個大嘴巴。」
「她說得沒錯，我該算是最親近妳的人，可我卻從來沒有發現，每次一想到這點……我就覺得很難過。」
「讓你不好過，對不起。」
「別說抱歉好嗎？小恩，我真的很怕別人對我說抱歉。」

小恩怔怔的望著我，差不多有五個季節那麼久的時間都不再說話，此時小恩的臉上看不見任何表情，但我知道沒有表情的小恩正是她壓抑自己的證明。

我去一下洗手間。小恩說。

我有一種不好的預感，我感覺得出來小恩準備要對我說些什麼，說些什麼我並不想聽的話。

第一次，我想逃，想從小恩的面前逃走。

而那個時候如果我真逃了的話，或許一切就會不一樣了吧！或許不。

小恩回到吧台前的座位時，臉上又換回那甜似糖的笑；那甜似糖的笑，成為我一輩子的痛。

「嘿！你記不記得我們曾討論過要在什麼地方舉行婚禮？」

「我記得。」我的心往下沉，但我還是選擇據實以告：「我記得我們沒討論過這個。」

小恩哭了。還是哭了。

「是那個早我一分鐘打電話給妳的人吧？」

「我其實是去日本找他，他離婚了，他在等我，他……他早我一步在長野的車站等我，他把我從長野帶回來，帶回台灣，或者應該說是、救回來。」

小恩沒頭沒腦的丟下這句話，我仔細的盯住小恩的眼睛，發現那裡頭有哭過的痕跡，我不知道為什麼，我只知道那陣子的小恩好像很煩的樣子，而我始終沒問小恩在煩什麼。

「可以幫我完成這個心願嗎？我想在這裡舉行婚禮。」

「再怎麼任性也該有個限度好嗎！」

我低吼，全部人都在看我們，但我管不了這麼多了，管不了了。

「我那時候真的好無助，他想回頭重新開始，他說我們終於能夠重新開始，可我卻已經和你在一起了，我真的不知道該怎麼辦，我自己拿不定主意，我好需要你堅定的告訴我該怎麼辦，可是在我最需要你在我身邊的時候你卻不在我身邊，你不在我身邊……」

「妳應該告訴我的。」

「……」

「給我一個晚上的時間考慮。」

我不知道小恩是怎麼離開的，不知道小恩離開時雨停了沒有？我只知道小恩離開的時候，我的心碎了一地。

小恩離開之後，我告訴這裡的員工說從明天起想放個長假暫時歇業一陣子，他們看起來好像很擔心的樣子，但我不知道他們是擔心我還是擔心這家店，反正我暫時是管不了那麼多的了。

四點半，清場，燈打亮，當所有人都離開之後，我獨自坐在方才小恩坐過的那個位子上，我拿出紙筆，本來想寫的是：本店即日起暫停營業……

但不知怎麼著，竟就寫成了：

說不出口的祝福　我只好把它留在這裡

這次　換我逃走了

沒後悔愛過妳　以前是　以後也是

P.S.再見

〇七二六

》小王子的玫瑰《

◆之一

我長了一張娃娃臉，我媽說這是她肚皮夠爭氣；她是一個娃娃臉歐巴桑。

我不是很高但身材勻稱，我爸說只要穿衣服好看、男人要高有什麼用？長得高能配飯吃嗎？其實他是說給自己聽的。

我的穿著時髦髮型走日本風，我姐說我是她最好的模特兒；她在念服裝設計、晚上還跑去髮廊打工偷學髮型設計。

我的個性體貼善於傾聽，我妹說她真慶幸有我這個哥哥；她老是被男人玩弄感情然後一把鼻涕一把眼淚的找我哭訴要我安慰。

我是家人的寶，他們說我是小王子，但小王子的玫瑰呢？

小王子的玫瑰呢？我也問我自己。

我的玫瑰一直沒有出現，倒是身邊充斥著各式的雜草，雜草是她們的俗名，而學名則是女性好友；奇怪的是雜草們對我推心置腹無所不談，甚至連買內衣也要我陪，但她們卻從來不擔心我的男性荷爾蒙，她們也從來不奇怪我為什麼沒有女朋友。

關於這個問題我本人倒是一直百思不得其解。

不過我倒也不是沒遇到過我的玫瑰，只是她們都太早枯萎，或者總是被別人摘走。我的第一朵玫瑰出現在國中，她是一個熱情開朗的漂亮女孩，她常試著想誘惑我和她初嚐禁果，但我以我們年紀還太小、關於這種事還是等上高中再談為理由開導她；不久之後我的玫瑰愛上學生老大，她變成一朵風姿綽約的黑玫瑰。

我的第二朵玫瑰出現在高中，她是一個清純可人的溫柔女孩，我們的交往相當順利，我以為我們是天造地設的一對，我誠摯的希望我們可以天長地久，或者起碼維持到高中畢業然後在十八歲生日這個值得紀念的日子（奇怪十八歲生日有什麼好值得紀念的？）互許終身；但有天她卻歇斯底里的哭著問我是不是她有問題不夠魅力為什麼我總是不肯碰她？我奇怪她怎麼會有這種想法，而幾天之後她冷靜的跑來問我是不是gay？

「吭？」

「我希望你誠實的告訴我，我不想自己只是你用來掩飾的道具。」

「吭？」

「我想我們還是分手好了，我沒有辦法接受一段作假的感情，我不要最後才知道事實的真相。」

然後我們就分手了，我一直不明白她怎麼會對我說出這番比外星語還要難以理解的話，而這個疑問直到我上了大學後才終於解開。

上了大學之後我遇見過幾朵想要一親芳澤的玫瑰，但每當我告白時玫瑰們總是問：

你是不是 gay？

吭？

我覺得你是 gay，我聽說你是 gay，你看起來像是 gay，你其實就是 gay……

她們留下這些不負責任的推測然後變成別人的玫瑰，久而久之我的身邊不再有玫瑰，取而代之的是這群對我推心置腹無所不談連買內衣都要找我陪卻從來不擔心我男性荷爾蒙的雜草們。

我看起來像 gay 嗎？我問我的雜草們。

是呀，你自己難道不知道嗎？這些該死的雜草們總是這麼回答。

我陷入前所未有的混亂當中，為此我去看了男男小電影，然後我發現無法接受我的肛門除了排泄之外還作第二用途；我甚至還拿小黃瓜來實驗，結果害我後來看到小黃瓜總是害怕得驚聲尖叫；我還跑去買了幾本猛男雜誌，結果我發現還是蔡依林的寫真集來得可愛些……所以——

我怎麼會是 gay 呢？

我簡直委屈得想哭，我有一種總被誤解的痛苦。

說說我的雜草們吧！

雜草們是就讀於我家附近大學的女大學生們，從她們變成大學生開始就合租了我們家隔壁的那棟房子住，而房東正是我那愛錢貪財的老爸，如果要用一個成語形容這件事的話，那大概會是得不償失。

得不償失？是的，得不償失。

所謂的得不償失並不是指雜草們會拖欠房租亂倒垃圾走路放屁性生活混亂（這點是絕對不可能發生在雜草們身上的，畢竟除了雜食性動物之外、有哪個正常的男人會對雜草們有興趣呢？不，我更正，就算是不正常的男人也不會對雜草們有興趣的），而是她們實在他媽的吵死人。

自從雜草們進駐我們這安靜的高雅的彷彿與世無爭的不食人間煙火的住宅區之後，這地方就開始越夜越美麗、越夜越熱鬧、越夜越喧嘩、越夜越教人無法忍受！

「喂！」

這是我第一次和雜草們打交道的經過，時間是凌晨三點半，忍無可忍的我終於鼓起勇氣、滿臉殺氣的去敲隔壁的門。

「你哪位？」

一張醉醺醺的雜草臉從大門探出來。

「我是妳們隔壁鄰居，妳們好歹也——」

「哈哈哈！原來是小房東呀！喲！長得挺標緻的嘛！來來來，來一起喝酒嘛！喝酒最快樂了！哈哈哈～～」

「我可不是來——」

「哎喲！別這麼見外嘛！平時真是承蒙您的照顧了，來喝一杯嘛！來給他喝得醉醉的！哈～～」

「不用了謝謝，我只是來表達我的訴求，我想要好好的安靜的睡一覺。」

「睡美容覺嗎？」

什麼？

「同志都比較注意外表吧。」

吭？

「你皮膚好好哦！你應該是零號吧。」

「什麼零號？」

「簡單的說，就是屁股要保重的那一方呀。」

「人家不是gay啦！」

這是我那天說的最後一句話，隔天醒來之後我發現我醉醺醺的癱在雜草堆裡，並且被雜草們海扁一頓之後還被要求替她們掃房子，因為她們宣稱我喝醉之後從她們的床單沿路吐到浴室，本來我是想把那些嘔吐物拿去驗DNA以示清白的，但又怕DNA的結果出來時我早已經被雜草們揍掛了，於是只好作罷。

◆之二

所謂的不打不相識就是這麼一回事吧！不對，是不吐不相識才正確。

和雜草們打成一片（被打成一片）之後，我開始進入雜草們的生活，她們常常一通電話就把我從人類區 call 到雜草區，然後我們會一起敷臉同時喝酒（高粱！這堆雜草簡直該被列入易燃物的），她們總說一直就想要個 gay friend，我總是會非常生氣的回答請不要太過分了！老子我並不是 gay！然後她們會無視於我的憤怒而嘻嘻哈哈（雜草們喝醉後的反應是嘻嘻哈哈的笑個不停）的說身為 gay 又不是什麼丟臉的事、何必打死不承認呢？

於是我只好把委屈往肚子裡吞，呃……應該說是把委屈和著高粱往肚子裡吞才正確。

我們的高粱之夜一直持續到其中一株雜草因為飲酒過量導致胃穿孔住院才宣告暫停，我記得當雜草之一出院的那天，我們還正正經經的辦了場 milk party 歡迎她的歸來，只不過喝到最後牛奶不知啥時被偷偷換成 vodka 就是了。

天亮的時候我很認真的告訴雜草們再這樣下去也不是辦法，畢竟先天長相已經不足了，再這樣繼續後天失調下去的話，恐怕真會一輩子沒男人敢要的。

結果雜草們聽了之後點頭表示贊成，並且在把我海扁一頓之後，認真的舉杯發誓她們從今而後要戒了酒並且改走好女孩路線。

嘖！這些暴力雜草們。

而這天，午夜剛過。

「喂！去買酒來！一個小時後報到。」

「吭？」

「高粱哦！不，還是vodka好了，還是改喝紅酒呢？嘖！真是難以決定耶！為什麼這世界上要有這麼多好喝的酒呢！哈哈哈！」

「米酒頭怎麼樣？」

「工業酒精加水喝如何？」

「好主意耶！哈～～」

「……」

「我知道了，一個小時後報到。」

於是一個小時之後，我扛著一箱啤酒到雜草區。

「妳們這群酒女，不是說好了改走好女孩路線嗎？還開什麼drinking party呀。」

「今天例外啦！」

「每天也例外吧妳們。」

「真的例外哦！因為今天是我的告別愛情party呀。」

一個陌生的聲音從一張陌生的臉（任誰看了都會贊成該被歸類為玫瑰的那種，並且還是極品的那種）傳到我的耳朵裡，我頓時紅了臉軟了腳，才想好好發揮我久違的泡妞絕技時，玫瑰開了一瓶啤酒，同時說：

「你就是傳說中學姐們的gay friend呀？」

這群該死的雜草！自己滯銷就算了，幹嘛非得拖我下水斷我後路！難不成是想找我陪葬嗎？哼！饒不了！

「剛好趁這機會我想鄭重的澄清一下，我，並不是，gay。」

接著我露出自認為最迷人的笑容試圖迷倒這株玫瑰，但沒想到玫瑰卻是迅速的幹光一瓶啤酒，並且在打開第二瓶的時候，說：

「但是你知道嗎？有百分之八十的男人終其一生並不知道自己是gay哦。」

這玫瑰！夠狠！

我坐下來和雜草們喝著酒聊著天毒著舌，並且藉著酒意趁亂說：我想這輩子大概不會有哪個傻蛋會想娶妳們的吧。

「活膩了嗎你！」

正當雜草們準備開扁之際，始終像是貓一樣蜷在角落的小喬（即那株狠玫瑰）突然開口說話，以一種輕輕柔柔的聲音，伴著她淺淺的笑容，慢慢的說：

「從這輩子到下輩子大概不會再有人愛我了吧。」

「不是的……」

雜草之一說著說著就哽咽了，雖然我並不清楚小喬到底是經歷過什麼事、想告別的是什麼樣的愛情（我後來才知道原來雜草們也不清楚，因為小喬始終絕口不提），但我想我是能夠明白為什麼此時此刻兇狠如雜草也會難過得哽咽。

因為心疼。

心疼她們的學妹，小喬。

小喬的眼神寫滿悲傷，可嘴角卻固執的漾著笑；小喬只是淡淡的說了一句『從這輩子到下輩子大概不會再有人愛我了吧』，可我卻能夠感受到她話語背後強抑的傷痛。

於是我鼓起這輩子最大的勇氣、以這輩子最正經的口吻，打直腰桿，正襟危坐，說：

「那麼，請讓我來愛妳吧。」

「別鬧囉。」

雜草們混亂的吼著，而小喬卻是定定的望著我；此時我看不見她臉上有任何像是表情的東西。

好像過了一個世紀那麼久之後，終於小喬雙唇微微開啟，小喬說話了，只不過小喬說了一句她沒說比說了還要好的話——

「但你不是gay嗎？」

「呀嗚～～人家真的不是gay啦！」

這又變成我那夜最後說的話。

大概是被我昨晚告白時真誠的口吻所感動、也是擔心放小喬一個人會胡思亂想的、或許也只是單純的認為我真能好好的照顧小喬……總之，隔天酒醒之後，雜草們說不如我送小喬回家吧。

小喬沒有意見，我則是暗自竊喜我的玫瑰真的就是這朵了嗎？

出門，開車。

小喬坐在駕駛座旁，這是截至目前為止我們兩人之間最近的距離，十公分，可卻也是我們心隔得最遠的一刻。

「妳的心還在嗎？」

「你講話的方式好奇怪哦。」

「呵呵！因為妳看起來很心不在焉呀。」

「離家出走了。」

「咦？」

「我的心，離家出走了，不理我了，找不到了。」

「我幫妳把它找回來吧。」

「呵呵。」

奇怪，同樣是傻笑，為什麼小喬笑起來就是特別動人？

「你講話的方式真的好奇怪。」

「……」

我真的摘得下這朵玫瑰嗎？我開始擔心了。

「到了。」

小喬說，然後下車，我搖下車窗，問：

「可以打電話給妳嗎？直接打給妳，而不用透過雜草她們。」

「雜草？」

「呃……一時不慎說溜嘴了……完蛋！」

「我要告訴學姐哦。」

我們相視而笑，小喬的笑……真的好美；不，不只是美而已，好像還隱藏了很多的其他在裡頭的感覺。

美得令人心疼。

「說真的可以嗎？雖然目前還不是很確定，但我真覺得我會非常非常喜歡妳哦。」

「好呀。」

小喬說，然後要了我的手機，按了號碼，接著她的手機響起。

「看你要給我什麼代號。」

小喬最後說。

◆之三

看你要給我什麼代號？好奇怪的一句話，不就是小喬嗎？

我當晚就打電話給小喬，而當時她正在擦地板，第二次是隔天午餐後，小喬在整理衣櫃，第三次在倒垃圾，第四次在洗衣服……，我奇怪小喬看起來明明就是那種連瓦斯爐長什麼樣恐怕都不會知道的夢幻小女生，但怎麼做的事情總是居家並且實際？

「永遠不要自以為了解一個人哦！畢竟人是單獨的個體呀！」

第一次和小喬進行所謂的單獨約會時，小喬如此說道。

而時節是這個冬天第一次寒流的來襲，氣溫驟降至十度，小喬穿了一件暗紅色的長大衣，雙頰被凍得紅紅的，在咖啡館裡，我凝視著坐在我對面的小喬，幾乎感覺到一份驕傲，我何德何能有小喬這樣一個女孩為伴的驕傲。

「妳不熱嗎？」

話才一出口，我立刻就感覺糗！本來我應該回應些什麼極富哲理的深奧話，但沒想到我竟問了這麼膚淺的民生問題。

「嗯？」

「呃……我是說，在這種溫暖的室溫下，妳不把外套脫下來嗎？這樣好像有點熱哦，呵呵。」

呵呵？更糗！

小喬嘴角微微上揚，算是回應我的關心，但卻沒有想把紅色大衣脫下來的打算。

「也不要只相信你看到的聽到的哦，畢竟人不是只有一面呀。」

「不過妳穿這件紅色大衣很好看呀，妳很適合紅色的。」

我們繼續這種各說各話的狀態卻完全不感覺到奇怪，直到臭臉服務生過來替我們撤下吃空了的義大利麵盤為止；我吃的是奶油海鮮麵，而小喬則是點蕃茄肉醬麵。紅色。

在等待咖啡和提拉米蘇上桌的同時，小喬才終於忍不住了似的笑著說：

「我第一次可以和一個人各說各話這麼久欸。」

「呃……說真的，我該為此感到榮幸嗎？」

小喬又笑了，笑得更開心了些。

「你真是一個奇怪的男人，但剛好我對男人的品味也很奇怪。」

「唔……我有種前途充滿希望的幸福感哩！嘿嘿。」

小喬笑著搖頭，終於把她身上的紅色大衣脫下來，不知道只是單純的因為感覺到熱、又或者是因為別的什麼呢？我不知道。

咖啡上桌，小喬熟練的撒入大量的奶精和糖，攪拌攪拌，啜了一口，然後露出很滿足的笑容；至於提拉米蘇則並沒有想要動的跡象。

「妳不吃提拉米蘇呀？」

「你難道不認為人生也該像笑話一樣嗎？」

「咦？」

「越短越好呀！」

「吭？」

「只是笑話畢竟是存在過的，而我呢？我真的存在過嗎？」

望著小喬，我的心糾成一團，忍不住握著小喬的手。

小喬的手，好冰。

「那天……為什麼要告別愛情呢？」

「因為愛情走掉了。」

「為什麼走掉了?」

「……」

「又或者應該說是……怎麼走掉的?」

「這樣解釋吧!我感覺得出來你是一個很好的男生哦!也很希望我們能夠發展出一段所謂的愛情,雖然未來的事誰也說不定,但目前的我是這麼希望著的。」

「所以?」

「所以我不想因為不願意告訴你而選擇對你說謊。」

「那以後呢?會想告訴我嗎?」

「不會。」

「她們知道嗎?」

「那件事我只告訴過一個人。」

誰?

在走出咖啡館的時候,我好奇的問小喬:

「妳好像很喜歡這件紅色大衣哦?」

「嚴格說起來,應該算是依賴吧。」

「依賴?」

「感覺很像是只要穿上它就不再有什麼值得害怕了的這個意思。」

「是那段告別的愛情送妳的禮物嗎？」
小喬楞了三分鐘那麼久之後，才四兩撥千金似的說：
「你講話真的好奇怪哦。」
「妳講話倒很豐富哦。」
「咦？」
「因為妳放了很多祕密在裡面呀。」
「走吧。」
「嗯？」
「可以走出去了。」
小喬最後說，我想我明白她的意思。

◆之四

這天三更半夜的，我又接到雜草的電話，奇怪的是她們這次並沒有要我帶酒過去（我忍不住揍自己一拳以確定現在是不是在做夢），而是她們聲稱要賣給我一個有利的情報。

「什麼情報？」

「關於小喬的有利情報。」

「唔？小喬告訴妳們那場告別的愛情了嗎？」

「什麼告別的愛情？」

「哦……原來她所謂的只告訴一個人的那個人並不是妳們其中的一個人呀。」

「你在繞什麼口令呀！你現在到底是醒著還睡著呀？」

「醒了醒了，小的這就洗耳。」

「拿一千塊來我們再告訴你。」

然後電話就被掛斷，這些王八雜草們！

我於是從皮夾裡抽出那張被便利店店員說是假鈔而拒收的千元大鈔去敲雜草的門，雜草們喜孜孜的收下這疑似的假鈔之後，只丟了一句——後天是小喬的二十歲生日，你自己看著辦——然後就把我關在寒風之中了。

怎麼原來這年頭錢這麼好賺呀！王八雜草！

隔天午夜十二點整，在小喬生日的第一時刻，我撥了電話給小喬。

「生日快樂。」

「你怎麼知道？」

「雜草們告訴我的，用十七個字賺了我一千塊，她們不去幹土匪還真是糟蹋人才了。」

小喬在電話那頭開心的笑著，清清脆脆的乾淨笑聲。

「二十歲了欸。」

「想要什麼二十歲的生日禮物呢？」

「一句話可以嗎？」

「嗯？」

「對我說，幸好妳出生了。」

「就這樣？」

「就這樣。」

「幸好妳出生了。」

「好高興哦。」

「說幾次都無所謂哦。」

「現在過來可以嗎？」

現在過來可以嗎？無數的可能性在我腦子裡打轉。

「會不會太快了？」

「不會，時間剛好夠我寫完一封伊媚兒。」

「伊媚兒？」

「寫給我的伊媚兒。」

雖然聽不太懂小喬在說什麼，但我還是立刻掛了電話、幹了老爸藏在酒櫃最裡層那瓶始終捨不得喝的九二年份波爾多紅酒去找小喬。

按門鈴，開門。

「你來得好快哦。」

「心急如焚咩。」

「真的是註定發不出去的信吧。」

「咦？」

「你帶酒來呀？」

「是呀？畢竟我們是因酒認識的呀。」

「不是因雜草認識的嗎？」

「嘿嘿～～」

第一次走進小喬的房間，我有點意外於它的空洞。

一張單人床，一張上頭放著電腦的和式桌子，旁邊堆著一落一落的書，一個大得過分的衣櫃，一個落地的陽台，這就是小喬房間裡的全部了。

「我是因為那個陽台才租這裡的。」

「哦。」

「雖然得和陌生人分租一層公寓感覺很討厭，但為了這個陽台還是決定租了。」

「哦。」

「聽我說這些很無聊哦。」

「咦？」

「因為你一直只是哦呀！」

「哦……呀！不是，我的意思是——」

「沒關係，當自己家一樣，別拘束哦。」

「好。」

「除了那台電腦不准碰之外，其他請任意使用吧！雖然嚴格說起來好像也沒有什麼其他的東西了哦。」

「不會的，這樣就足夠了。」

有妳就足夠了。

「我去洗個澡。」

小喬說，半個小時之後，小喬再出現我眼前，淌著水滴的長頭髮，漾著微笑的表情，還有，只圍著浴巾的單薄身段。

「要不要我？」

「為什麼是我？」

「因為你在對的時候出現了。」

然後小喬走向我，赤裸。

「我……我是第一次。」

「吭？」

「妳的反應未免太傷人了吧！」

「呵呵！沒關係，我教你。」

「小的洗耳。」

「把你的那個放進我的那個就好了。」

嘖！這女人！難道就不能換個浪漫一點的說法嗎？

我的第一次，差強人意，和我所學所見（即A片）相去甚遠，我望著躺在身邊的小喬，她的表情有點迷離，我看不見她現在的心情。

好像過了一個世紀那麼久之後，小喬終於開口說話了，小喬說：

「好想喝咖啡哦。」

「但妳這裡有咖啡豆嗎？」

「沒有，而且我想喝的反正也不是那種咖啡。」

「那妳想喝什麼咖啡？」

「麥斯威爾的法式咖啡。」

「麥斯威爾的法式咖啡？」

「嗯，麥斯威爾的法式咖啡，四方鐵盒包裝的那種，很好喝哦！有牛奶糖的味道。」

「唔……沒喝過。」

「沒關係，我去買，對街的便利店就有賣了。」

「我去吧！外面很冷欸！妳再說一次叫什麼名字？」

「不用啦！我反正想走走路吹吹風，買來我泡給你喝。」

然後小喬起身穿衣服，捉著錢包和手機，最後是她的紅色大衣；在出門前，小喬轉頭過來對我笑。

笑，小喬笑，小喬的笑竟是她給我的最後一個回憶，或者應該說是，禮物。

一個小時之後，冷冰的小喬在馬路上被發現，原因是遇上酒醉駕車的人，當場斃命。

我永遠也不會忘記這一個小時是怎麼來又怎麼去的。

小喬出門之後，我走到陽台去看看小喬的背影，因為我當時突然想到我好像從來沒看過小喬的背影，我站在陽台上一直等到一根菸的時間過去，卻怎麼也沒看見小喬走出門外，我當時並沒有多想的就打消了念頭；接著我去廚房燒了開水，為的是想等小喬回來之後，能馬上就喝到小喬說的，那有牛奶糖味道的咖啡。

水燒開了，小喬還是沒有回來，我不知道她究竟是出門了？還是仍在便利店裡？抑或正在回家的路上？

我本來是可以出門找小喬的，但是結果我卻沒有，卻沒有。

如果要說有什麼悔恨的話，那大概就是這方面的事吧。

半個鐘頭過去，我忍不住打了小喬的手機，結果得到的回應卻是通話中，原來是被電話絆住了呀！我當時心想。

這次連走到陽台都嫌懶了，因為冷，太冷了。

然後，然後是尖銳的剎車聲從對街傳過來，我本來只是好奇走到陽台想一探究竟的，但結果沒想到映入我眼簾的，卻是躺在血泊之中，小喬的紅色大衣。

請不要開這種玩笑好嗎?這是當時的我最後一個念頭。

請不要開這種玩笑好嗎?雜草們也說，哭著說，當她們接到我的電話趕到醫院時，哭著說。

請不要開這種玩笑好嗎?小喬，不要開這種玩笑。

真玄，受到這麼大的撞擊人就當場斷氣了，但手機卻沒有任何的損害。在警察局裡做筆錄的警察說，當他把小喬的遺物交給我時。

好像是以一種保護這支手機的姿態死亡的。

警察最後說。

◆之五

我按下小喬生前最後撥出的號碼，在第七響的時候，手機傳來一個溫柔的男聲——

「怎麼啦？」

「……」

「我很擔心妳，那時候聽到很大的剎車聲，是發生了什麼事嗎？」

在這個時候我立刻收了線，並且關了小喬的手機，怔怔的望著小喬給這個男人的代號——

我。

我？什麼意思？

我環顧著這個已經失去了主人的空洞房間，思緒差不多空白了七個季節那麼久之後，我決定做一件從來沒有做過的事情。

我打開小喬的電腦，那個小喬在這房間裡，唯一不允許我碰的電腦。

『會不會太快了？』

『不會，時間剛好夠我寫完一封伊媚兒。』

『伊媚兒？』

『寫給我的伊媚兒。』

我決定打開小喬的OUTLOOK，將游標移至傳送接收，替小喬接收這些她來不及閱讀的電子信件，或者應該說是，小喬永遠不可能再有機會閱讀的電子信件。

七十六封。

六十四封是朋友間轉寄的信件，其中二十三封是我寄給小喬的，剩下的十二封則是毫無意義的廣告信件。

我反覆的檢查過好幾回，卻怎麼、怎麼也找不到任何一封看起來像是那個『我』所寄來的信件。

然後，然後我瞄到小喬的草稿裡有一封尚未寄出的信件，掙扎了好久，還是決定一探究竟。

『你來得好快哦。』

『心急如焚咩。』

『真的是註定發不出去的信吧。』

『咦？』

寄件者：小喬　收件者：我
主旨：最想聽你說的話
我的生日快到了　雖然已經約定好了不要再聯絡的
但還是很想很想聽你祝我一聲生日快樂
很想聽你親口說一聲：幸好妳出生了

望著這封小喬終究還是沒能寄出的信件，我的眼淚，滑落。
小喬……怎麼會孤單成這樣呢？
我再次逐一將小喬的OUTLOOK仔細的反覆的檢視過好幾回，收件匣、寄件匣、寄件備份、刪除的郵件、草稿……所有能找到關於那個『我』所存在過的證明，卻只有這封，來不及的、沒有勇氣寄出的信。

『想要什麼生日禮物？』
『一句話可以嗎？』
『嗯？』
『幸好妳出生了。』

小喬……我在妳的心裡從來就只是一個替代品，是嗎？我從頭到尾都被妳利用了，是嗎？我感覺到前所未有的悲傷，是，悲傷而非憤怒。

我伏在桌上痛哭失聲，想起小喬的一顰一笑一言一語，想起和小喬共同經歷過的美好回憶，想起……想起我已經永遠失去小喬了，想起……想起小喬甚至沒有愛過我呀！

突然的，電腦發出嗶嗶聲響，原來是我的手肘壓住了滑鼠，我移開手肘，抹乾眼淚，透過失去焦點的模糊視線，我看見螢幕上被我無意按到的，小喬設的首頁。

那是一個在網頁上瀏覽的信箱，帳號正是那個『我』的 E-mail address，而密碼則是早已經儲存在電腦裡了的，我望著那四個黑點，猶豫。

小喬……小喬會希望我怎麼做呢？

『你難道不認為人生也該像笑話一樣嗎？』

『咦？』

『越短越好呀！』

『吭？』

『只是笑話畢竟是存在過的，而我呢？我真的存在過嗎？』

「妳存在過的小喬，存在過的，千真萬確存在過的！」

我喃喃自語著，然後將游標指向確定，接著畫面進入那個『我』的收件匣。

我迅速瀏覽一遍，就像是這個世界上所有人的電子信箱那樣，壓倒性的多數是朋友間的轉寄信件，至於廣告信件倒是一封也沒有發現，看來那個『我』是分出了大部分的時間給這個信箱吧！

很快的，我找到了小喬的第一封信。

寄件者：小喬

主旨：

MAN還有在用嗎

MAN？MSN？是小喬的手誤嗎？

只是我想不通的是，小喬從來沒有提起過她使用MSN的這件事呀！只是我從來沒有聽小喬提起過的，又何嘗只是這件事呢？

我感覺到我開始進入了小喬隱藏於淺淺笑容之下的另一面，不為人知的另一面，只開放給那個『我』看過的，另一面。

寄件者：小喬
主旨：
沒想到你會打電話來　還是覺得好糗
聽到你問　怎麼啦受了什麼委屈的時候我竟就哭了出來
你一定嚇了一跳吧　坦白說我也被自己嚇了一跳

怎麼就哭了呢　只是因為脆弱吧
最近遇到好討厭的事　真的很需要找你聊
把MSN打開吧　我的MSN線上聯絡人還是只有你
你呢　也還是只有我嗎

『妳們這群酒女，不是說好了改走好女孩路線嗎？還開什麼drinking party呀。』
『今天例外啦！』
『每天也例外吧妳們。』
『真的例外哦！因為今天是我的告別愛情party呀。』

我回想起第一次見到小喬的那天，而這封信正是在那天的前一晚發出的。

小喬所謂的討厭的事情，指的就是那段告別的愛情吧！只是小喬對我們絕口不提到底是發生了什麼事，而如今，答案終將揭曉，在小喬走了之後，在小喬走得太快太急之後，答案，終將揭曉？

寄件者：小喬

主旨：Re:

原信件內容——

我光看到妳的信就可以感覺出妳的不對勁了

妳到底是那種除非真到無法承受了否則絕不輕易發出求救信號的個性吧

尤其當我看到妳把 MSN 打成 MAN 時：）

～～～～～～～～～～～～～～～～～～～～～～～～～～～～～～～～

你自始至終還是這麼惹人厭欸

不過託你的福　能夠哭出來總算是件好事

哭完了　也看開了想開了　雲淡風輕了　真的

沒有什麼過不去的　我現在真的是這麼以為了

昨天在 MSN 上還是沒能平靜的仔細說明

或許我還是將它寫下來好了

小喬……當時承受著那樣巨大傷痛精神壓力的小喬，到底是用盡了多大的努力耗盡了多大的力氣，才能在我們面前維持自然的神情呢？

心……痛著。

寄件者：小喬
主旨：受傷了
我承認心底有一部分是想從他身上尋找你的影子
完成我們沒能完成的缺憾
但剩下的絕大部分　只是因為寂寞
真的　只是寂寞

但還是受傷了　還是
被傷害的人卻是我　卻是
沒辦法再信任誰了　沒辦法
除了你　你

關於那傷我已經不想不願不要不肯再提了
再說稍早在線上說得也夠多了
就那麼回事

這封信隨你要刪要留我都沒有意見
畢竟雖然你給我密碼讓我共同擁有這個信箱　但它到底不是我的
我好像在暗示什麼的感覺哦：）

P.S.我也覺得第一封的『MAN還有在用嗎』真是經典
贊成別刪兩票：）

看到這裡，我終於恍然大悟，為什麼我在小喬的OUTLOOK裡會找不到那個『我』所存在過的痕跡，原來並不只是小喬將那個『我』所寫來的信全數刪除，而是那個『我』在閱讀完小喬的信件之後，再於MSN同她對話。

他們談了些什麼？小喬受過的傷又是什麼？這些謎題全跟著小喬的驟然離開而不得其解了！只剩下那個『我』，那個只有小喬知道的信任的了解的依靠的『我』。

寄件者：小喬
主旨：
和他徹底的結束了　請放心　如果你擔心的話
但我知道你其實很擔心的　會不會擔心得睡不著覺呢：）
如果你問我　能夠真正做到徹底結束的原因是……
那麼我會回答你……祕密

『為什麼是我？』
『因為你在對的時候出現了。』

是因為我嗎？我不禁也啞然失笑了。
我該高興嗎？能夠成為小喬甚至不願意告訴那個『我』的祕密。
是吧！是該高興吧！儘管小喬從來沒有愛過我，儘管我從來就只是一個替代品。

寄件者：小喬
主旨：Re:功成身退
感覺得出來妳心情恢復得很好　總算是放心了：）

妳是我最放心不下的人　我希望妳能夠明白這點
在寄出這封信的同時　我會將MSN刪除
我想這對目前的我們來說是最正確的決定
畢竟有些東西並不是我們所能控制得了的　例如感情
不要再重蹈覆轍了　傷過一次就夠了

連續好幾天沒見妳上線　想必妳也忙吧
真希望妳忙得快樂忙得值得　希望妳……堅強一點　這是最重要的
堅強一點　好嗎
妳只是看似堅強　但其實妳並沒有自己想像中的那麼堅強
不管妳承認也好否認也罷　我就是這麼以為的

對自己好一點　妳最需要的　就是對自己好一點

別忘了這個信箱的密碼我只給過妳　別總是執意逞強到最後一刻
我會心疼的　雖然我無法也沒有資格在實質上為妳做些什麼
但我的確是把妳捧在手心裡疼的

我一直就很想告訴妳　我已經把妳當成是我自己的一部分
我希望能過得比我自己還要好的那一部分

P.S.MAN還有在用嗎　真是越想越好笑　而且越想越色情的感覺
下次別再拼錯囉　希望不要再有下次　妳懂我意思的
～～～～～～～～～～～～～～～～～～～～～～～～～～～～～～～
我一直在想我們之間到底算是什麼
朋友嗎　不止　情人嗎　不到

我明白你的意思　也明白你之所以這麼決定的初衷
我也贊成　真的　不是逞強不是賭氣也不是愛面子
畢竟呀和你談情說愛的話那就太浪費了
因為你太珍貴　你之於我　太珍貴

但還是哭了喲　當我讀到『我已經把妳當成是我自己的一部分』這段文字時
那麼你之於我呢　是什麼
我告訴你　你是替我收藏祕密的朋友　還有　只有你見過我的脆弱

P.S.我的『MSN』會一直開著　如果　我是說如果　如果哪天你也脆弱了

（少以為我不知道你也會有脆弱的時候　其實想來你真比我愛逞強吧）

別忘了還有我這個朋友在　要記得這份關心永遠在

再P.S.其實我把我們在『MSN』上的對談都存檔在我的電腦裡了

因為那裡有你存在過的痕跡　因為你也已經是我的一部分了：）

看到這裡，我跳出網頁，關上電腦，有好長一段時間，難過得幾乎站不起來。

我其實是可以找出小喬存檔的那些談話內容，看看小喬的過去、祕密，還有，只有那個『我』看過的小喬的那一面，讓那一面的小喬昭然若揭，讓謎底終於揭曉；但是不知道為什麼，我並不想要這麼做。

我想我只是希望把這份尊重還給小喬吧！尊重她的決定，尊重小喬並不想被知道的決定，小喬最自己的決定。

在離開小喬的公寓時，我打開小喬的手機，為的是替她做一件事。

編輯訊息

我要出門旅行好長一段時間
或許這個門號就不再用了吧
我會過得很好
希望你過得比我好
你永遠的朋友
小喬

傳送簡短訊息

按姓名尋找

我

您的訊息已傳送成功

關機

這就是我最後所能為小喬做的事了吧。

我只是在想，在最後的那通電話裡，小喬究竟完成了她的心願沒?或許答案就讓小喬自己擁有吧！

這是我最自己的決定。

》愛錯《

◆之一

多麼美好的一幕畫面呀！我們三個人，肩並肩坐在頂樓的天台，一面望著夜空，一面抽著菸；有時候說話，有時候則完全性的沉默，然而壓倒性的多數是沉默，像是一種無言的默契，我們一致的以為當下的氣氛是最合適沉默的。

當然嚴格說起來，我們並沒有互相的確認過：欸！你想這種時候在這天台，我們是不是沉默的比較好？

或許也可以說是，那個天台，那片夜空，是收留我們的寂寞與傷痛的最佳時空。最佳的，也是唯一的。

走出那個天台，走出那片夜空，我們的寂寞與傷痛就可以留在那裡，暫時的；走出那個天台，走出那片夜空，我們就可以重新變回平時別人眼中堅強的、大人一樣的我們，暫時的。

三個人，兩根菸，在天台，在夜空，多麼美好的一幕畫面呀！無聲，卻永恆，像是一幕停了格的老電影那樣，美好。

只是，回不去了。

◆之二

「哇！你的房間好溫馨哪。」

「那是因為妳的房間太單調了。」

這是第一次走進阿勳的房間時我們的對話。

阿勳的房間感覺很像是直接從居家雜誌剪下來的佈置一樣。溫馨。

在阿勳打開大門之前，我幾乎可以說是不考慮的以為映入眼簾的會是像《重慶森林》裡六三三警察所居住的那樣，簡單、卻有男人味；又或者像是《阿飛正傳》裡張國榮的那樣，華麗、卻頹廢；但顯然我錯得厲害。

這樣一個時髦性格的男人，住在這樣一個溫馨到接近女性化的空間裡。矛盾。

「但你的床好小哦！一個人睡都嫌擁擠吧！」

「我就是喜歡睡小床。」

「為什麼？」

「因為這樣感覺起來比較不孤單。」
「你真是個怪胎。」
「妳也沒正常到哪去。」
「隨你怎麼說。」

阿勳笑著坐到床上燃起一根香菸，我看見床單在他的腰下柔軟的皺著，此時的他和那床彷彿已經融為一體了似的，整個人就這樣完全的陷了進去，合適到令我有種不應該加入打擾他們的錯覺。

於是我只好挑了電腦桌前的位子坐下，問也沒問的就打開了他的電腦，開機之後桌面出現的是一幅他和另一個男人的合照，兩個人笑得那樣開心，在一家看似好小好小的咖啡館裡。

美好。

「你男朋友？」
「妳這女人講話怎麼這樣。」
「看起來很配呀你們。」
「死小孩。」

阿勳罵我死小孩，可卻開開心心的笑了，他打直了長腿，伸了個看起來好舒服的懶腰。

貓一樣的男人，我常這樣感覺他。

「那是我哥。」

「哦。」

「就是妳的隔壁鄰居嘛。」

「咦？沒道理我隔壁住了個帥哥我會不知道呀。」

「嗯，那是因為他不常回來。」

「哦。」

「因為常陪女朋友吧。」

「女朋友？那不就是常陪你嗎？」

「死小孩。」

阿勳又說，又笑；最後他起身時說出去吃點什麼吧。

離開時我最後又望了那桌面一眼，然後關機；當時的我好像感覺到了什麼，又好像什麼也沒有感覺到，不過唯一可以確定的是，當時的我們，並不曉得我們會走入那樣的未來，或者應該說是結局。

一個小時之後，我知道那個男人叫作阿帆，而阿帆並不是同性戀（至於阿勳我則尚且無法確定），因為阿帆有個只要是男人都會想要泡的空姐女友，並且，阿帆並不是阿勳的哥哥，因為他的哥哥早在十七歲那年就因為車禍意外離世了。

「好孩子為什麼早走呢？」

在火鍋店裡阿勳這樣感嘆道，在談完了阿帆之後，他話興很好的又談了他的哥哥。變成是鄰居（說是室友應該恰當些）幾個月以來，這是我第一次聽阿勳談起他的哥哥，我非常仔細的盯住他的臉，因為我以為他會哭，但很可惜的是他並沒有。

可惜？是的，可惜。

我一直很希望有個男人能在我面前哭泣，就算不是因為我也好；這差不多可以說是我人生裡繼和情人同泡溫泉之後的第二個願望吧。

「哥哥是我見過本質最純淨的人哦。」

「那是因為他走得太早，來不及變壞吧。」

「或許吧！但所謂的『壞』又是什麼呢？像妳這樣嗎？」

我知道他是開玩笑，但言者無心聽者有意，我真的還是百感交集。

如果按一般世俗的標準來看，那麼真的我是壞吧！有好長的一段時間我過著極墮落的生活，並且深信越墮落越快樂，但真的我就算是壞嗎？我也不確定。

可以確定的是，我的人生是一筆糊塗帳。

「那個男人怎麼了？好久不見他來當慰安夫了。」

「你的幽默很難懂。」

「我是關心妳才問的哦。」

「最好是。」

「結束了嗎？」

「差不多可以說是正由冷淡期邁向結束的這個程度吧。」

「說真的妳愛他什麼？」

「我愛他愛我。」

「就這樣？」

「雖然嚴格說起來並不是就這樣，但表面上看起來的確是就這樣沒錯。」

「妳哦。」

「我怎樣？」

「妳身上有一股奇特的吸引力，會把正常的人都捲入妳的混亂裡，因為妳的本質就是迷亂。」

「別說得好像你很了解我一樣。」
「我是了解妳！妳不認為嗎？」
「我認為所謂的了解並不存在。」

阿勳抬起頭來很仔細的盯住我的臉大概有三分鐘那麼久的時間，他用一種像是國小老師在批閱蠢小學生的蠢作文那樣，仔細裡帶著無奈的眼神。

最後阿勳說：
「我拿芋頭換妳的米血。」
「好呀。」

◆之三

「喂！阿帆在我房間裡，妳要不要過來？」

當阿勳打我手機時，我正一個人躲在房間裡偷偷哭泣，所以我只是含糊的說不要，然後就把手機關了。

我蜷在牆角抱住膝蓋，只點了根薰香的蠟燭，透過眼淚我望著黑暗中那唯一的燭光，益發感覺到自身的孤單。

我為了這段錯誤的愛情哭泣，數不清是第幾次了！能不能是最後一次？我沒有把握，我厭惡我的沒有把握。

「喂！」

阿勳的聲音在門口出現。

「不在！」

「那我撞門囉！」

真的他就撞門了。

「媽的爛門。」

我丟下這句話然後火速的鑽進棉被裡，我不想讓阿勳知道我哭泣，但我就是止不住的哭泣；我感覺到他在床沿坐下，隔著棉被輕拍著我，嘴裡還叨叨絮絮的唸著：愛哭鬼，愛哭又愛逞強，愛逞強卻又沒用……。

「來。」

一個陌生的男聲出現。

「這個時候最需要的就是一個擁抱了。」

像是給下了降頭那樣，我真的就起身，我看見黑暗之中有人張開雙手走近我，我無法思考的抱住了他。

因為他說得真對，這個時候，我真的最需要的就是一個擁抱，溫暖的，紮實的，擁抱。

或者說是依靠。

這是我第一次見到阿帆的經過，我還沒看清楚他的模樣，就先得到他的擁抱。

這是阿帆第一次見到我的經過，他還沒了解到我的一切，就先看見我的脆弱。

那麼阿勳呢?阿勳是一直陪著我的人，可我卻任性的當他是理所當然的存在。任性的。

「妳的鼻涕沾到阿帆的衣服了。」

不知道是過了多久，阿勳打開燈，然後說。

「你很討厭耶！怎麼你哭的時候不流鼻涕卻流汗嗎？」

他們同時笑了，於是我也笑了，笑著流淚，滋味真是難受。

「嘿！我知道一個好地方哦。」

阿帆說，然後我們就起身跟著他走。

阿帆帶我們上頂樓的天台，住了這麼久，我們從來沒想到要上去過的頂樓天台。什麼話也沒說的就挑了個最隱密的角落坐下，阿帆在我的左邊而阿勳在右，然後兩根香菸在夜空下被點燃。

「要嗎？」

「不要。」

我說，然後嘴巴就像自己打開了那樣，話它自己溜了出來。

「上次失戀的時候，我就決定要戒菸，想試看看是失戀苦還是戒菸苦。」

「也是想看看自己還能失去什麼吧。」

「嗯，但是這次呢？我還有什麼可以失去的呢？好悲哀，我已經一無所有了，我卻還要再失去。」

一根菸時間的沉默，左邊隨手將菸蒂彈得差不多有五十公尺那麼遠之後，馬上又燃起一根；而右邊則是打破沉默，問：

「真的放棄了嗎？這次。」

「嗯，真的要放棄了。」

「怎麼了這次？」

「情人節的時候他不能陪我，所以那天他打電話來說要帶我去伊豆泡溫泉，那是他用來說服我不要放棄的手段，那時候我還問他真的辦得到嗎抽得出時間嗎？結果他說會想辦法他儘量；半個月的時間過去，我越等心越冷，他只是想辦法他只是儘量，可我卻拼了命的期待著，於是我告訴自己，我再給他一個月的時間，因為一個月以後剛好就是愚人節，如果一個月後的今天他仍然辦不到的話，那我就當他是開我玩笑，我就當我們的愛情是個笑話。」

左邊燃起一根香菸，右邊則是輕拍我的頭，讓我的頭輕靠在他的肩上。

眼淚，無聲滑落。

「知道嗎？一個人的放棄是賭氣，而兩個人的放棄就真的是失去了呀。」

「什麼都可以失去，但是不能失去自己，知道嗎？」

終於，我哭出了聲音來，在頂樓的天台上，我放聲的，大哭。
因為，我不是一個人，此時，此刻。

◆之四

離開天台的時候，我們一致認為在這種心情差到不行的非常時候不把自己灌醉是不行的，我知道自己為什麼心情差，只是我不知道他們怎麼也心情差嗎？當時我直覺以為他們只是單純的認為有必要陪我喝醉而已，然而往後仔細回想才發覺其實並不只是因為如此。

每個人都有每個人的煩惱吧！在這世界上。

我們回到阿勳的房間，我發現阿勳用一種很奇怪的眼神打量著我們，然後說是要自願出去買酒。

在等待酒回來的同時，我才想起和阿帆甚至還稱不上認識呀！我望著靠在窗口的阿帆，試著聊起他的空姐女友，因為我一直認為兩人獨處時談論第三者是最輕鬆的選擇，尤其當我們連認識都稱不上、也沒有把握對方願意洩露多少自身的事情讓彼此知道時。

「和空姐交往的感覺怎樣？」

一問完我馬上就後悔了，感覺好像問了這世界上最蠢的問題那種程度的後悔。

也是嘛！難不成要對方回答：感覺還不賴呀妳要不要也試試——這樣嗎？

而阿帆聽了之後聳聳肩沒有回答，我不確定他是不想回答還是認為沒有必要回答，但唯一可以確定的是，阿帆有一張好溫柔的笑容。

「交往多久了？」

謝天謝地，總算是一個比較容易回答的蠢問題。

「從大一開始。」

接著我們各自沉默了一根菸的時間，阿帆是專心的抽菸，而我則是專心的疑惑著怎麼他對於初見面的我完全性的不好奇嗎？像是——妳為什麼哭泣？對方是怎麼樣的一個男人？那是一段怎麼樣的愛情——諸如此類的問題，阿帆一概的並沒有想要問的意思。

我猜想或許也只是因為阿勳早告訴過他了吧。

「阿勳常提起妳。」

果真如此。

「想必有九成九都是在說我的壞話吧那傢伙。」

「想太多，他說妳很特別的。」

「真是不負責任的形容詞，這特別。」

「怎麼說？」

「像是只說了一半的感覺呀！特別什麼呢到底？特別糟糕嗎還是特別討人厭呢？」

「真的就是特別吧！對他而言。」

這次換我聳聳肩，反正我無所謂這個，我是怎麼樣的人我自己最清楚，而我最知道自己的一點是——我。完。全。性。的。不。特。別。

「你愛她嗎？」

「不喜歡，但是愛。」

「吭？」

「也就是說她不是我喜歡的類型，但我愛她而她也愛我，這樣解釋妳懂我意思嗎？」

「大概懂。」

「大概懂？」

「也就是說我懂你的意思，只是我不懂如果連空姐都不是你喜歡的類型了，那我真想不透還有哪種女人會是你看得上眼的。」

「是空姐又怎樣嗎？」

「令人羨慕呀！並且不容易，很多男人的性幻想對象都是空姐不是？」

「總統不也令人羨慕並且不容易？那妳會對陳水扁性幻想嗎？」

「唔……我想我明白你的意思了。」

阿帆淡淡的笑著，視線轉向窗外的夜空。

黑暗——

「她現在正在飛著吧！好遠哪！我們之間現在隔著兩萬五千英尺的距離呢！」

「國際線是兩萬五千英尺的高度嗎？」

「不曉得，我隨口說說的。」

「哦。」

我望著含著香菸的阿帆的臉，我看見憂鬱，思念情人的表情為何竟是憂鬱？

「會不會其實你喜歡的類型並不存在？」

「怎麼說？」

「因為你的要求太高啦！連空姐都稱不上是你喜歡的類型欸。」

「存在呀！」

「說來聽聽。」

「很簡單呀其實，就是相處起來舒服而已。」

「很難懂的感覺。」

「怎麼會，就像是妳和阿勳相處的那種感覺呀。」

阿帆意味深長的望著我，而我則假裝沒有聽見，將話題繼續轉回關於舒服的這件事情上面去：

「你和她在一起不舒服嗎？」

「相信嗎？我們在一起這麼久了，從來沒有一次感覺舒服過，我們之間……很多問題。」

「是指在床上那方面嗎？」

「當然不是好嗎！」

坦白說我是很認真的問著，但結果阿帆卻當我開玩笑並且很開心的笑彎了腰，他甚至笑著笑著就躺到我的身旁來了。

好奇怪的感覺，我並不是沒有過和阿勳躺在這張床上過，甚至聊著聊著就直接睡著的經驗也是有過，但從來沒有一次令我像現在這樣緊張過。

「雖然現在說還太早，但我想我們合得來哦。」

「這話的確說得太早了沒錯。」

阿帆還是笑，笑得還是開心，我想他大概是這世界上唯一認為我幽默的人吧。

幽默又好相處，我第一次遇到這樣認為我的人；不知道有問題的人是他還是我。

後來我們聊了什麼我完全性的忘記了，只記得阿勳回來時的第一句話是——

「在門外聽你們聊得開心，就不好意思進來打擾你們了。」
然後我們才發現阿勳的確是出去得夠久了。
「喝酒吧。」
阿帆聽了之後沒說什麼，只說：喝酒吧。

我被手機吵醒，按著彷彿就要裂開的額頭勉強起身，而時間是凌晨四點半，身邊躺著的是阿勳，至於阿帆則不知道什麼時候離開了。
我望著來電顯示，掙扎著，心亂著，到了第七響的時候，還是決定接起。

「有事嗎？」
「我喝得好醉。」
「嗯。」
「現在在開車。」
「哦。」
「開太快了，剛剛差點撞到闖紅燈的人。」
「我不喜歡你這樣。」
我望著阿勳，發現他不知道什麼時候也起身了。

「妳還愛我嗎？」

「……」

「我現在時速一百五。」

「……」

「妳還愛我嗎？」

「一百七了，妳還愛我嗎？」

「別這樣。」

「兩百，妳愛我嗎？」

我來不及回答手機就被搶走，阿勳打開窗戶往下丟去，在我落下眼淚的同時，他說：

「妳還是有東西可以失去的。」

「你想要害死他嗎！」

我低吼。

「他自找的。」

「把你的手機給我！」

我想拿阿勳的手機回撥給他，但結果阿勳又早我一步把自己的手機也扔出了窗戶。

我賭氣的哭泣，而阿勳則是賭氣的沉默，過了好久，他才幽幽的說：

「我哥哥就是被酒醉駕車的人撞死的。」

「……」

「妳為什麼要愛上這種人！」

「對不起。」

我說對不起，而阿勳則是抱住我，哭泣，孩子似的，哭泣。

天亮的時候阿勳流乾了眼淚，他背對著我說想要一個人靜一靜，我不放心的看著他，但結果還是只能離開。

走出房門的時候，我看見阿帆蹲在門口抽菸。

「怎麼在這？」

「我一夜沒睡。」

「嗯。」

「然後聽見你們吵架就過來了。」

「嗯。」

「要不要上天台？」

「咦？」

「日出也很美哦。」

我點頭，然後我們走上天台，本來我是想向阿帆借手機的，但想想還是算了。還是算了。

「阿勳說……」

「嗯？」

「他說我會把正常人都捲入我的混亂裡，因為我的本質就是迷亂。」

「我不認為。」

「我沒要你安慰。」

「我不是在安慰妳，我直覺妳的本質是真。」

『哥哥是我見過本質最純淨的人。』

「阿勳說過很多我的事吧。」

「嗯。」

「我聽起來像個壞女孩嗎？」

「這我不知道，但我覺得妳其實只是無助，還有孤單，這樣而已。」

「或許吧。」

「別自責好嗎？」

「嗯？」

「妳或許是愛錯人了，但愛情的本身並沒有錯的。」

然後門推開，頂樓的天台，角落，坐下，日出，兩個人。

沉默。

◆之五

走下天台的時候，我們才發現阿勳的房門深鎖，我不知道他是還在裡面又或者他是出門了，唯一可以確定的是，他誰也不想見，我沒辦法多想什麼，我只覺得好累。

「躲起來了，那傢伙。」

「嗯。」

「把心關起來就算了，現在就是連人都躲起來了。」

「嗯？」

「知道阿勳為什麼一直沒有女朋友嗎？」

「因為他是 gay 嗎？」

阿帆還是笑，笑裡帶著疲倦的溫柔神情，令人著迷的笑容。

「因為被愛情傷得太重，所以心就乾脆關起來了。」

「就因為一次的情傷所以把心關起來？哪有這種事，我不信。」

「妳不信是因為妳沒遇過吧。」

「是呀！因為從來沒有人為我把心關起來過呀。」

「但有人想為妳把心打開來。」

「……」

「妳是真的沒察覺又或者只是裝傻？」

阿勳……

「你想阿勳了解我嗎？」

「我想阿勳或許了解妳，但他不知道怎麼對待妳。」

「什麼意思？」

「或許本質混亂的人是他也不一定。」

『妳為什麼要愛上這種人？』

「我想你說得對，阿勳或許是了解我，但他不知道怎麼對待我……那你呢？」

「嗯？」

「你雖然不了解我，但你知道怎麼對我，是吧？」

「不論我怎麼回答都不恰當吧。」

「給我一根菸好嗎？」
兩根菸，兩個人，一份心情。
「看過電影《烈火情人》嗎？」
「嗯。」
「那時候我一直不懂，為什麼他們才見過一次面就可以愛上了，天曉得如果那也算愛情的話。」
「然後？」
「然後我才明白，或許只是因為費洛蒙。」
「費洛蒙？」
「費洛蒙，存在於人的鼻腔裡的一種……氣體？看不到聞不到的，是一種動物性的東西吧我想！或許也可以說是感覺，科學上的專有名詞叫作費洛蒙，陳腔爛調的說法則是一見鍾情。」
「然後？」
「然後我遇見了你。」
「……」
我將菸捻熄，然後定定的望著阿帆，我問：

「你為什麼偏偏在這個時候出現？」
「妳不愛阿勳嗎？」
「我不知道我要什麼，但我知道我不要什麼。」
「愛錯一次還不夠痛嗎？」
「雖然痛，但至少我愛過了。」
「……」
「你呢？你不是那種怕錯就不敢愛的人吧？」
「我是回來離開的。」
「什麼意思？」
「搬家，我要離開這裡了，還有這個島，所以我回來這裡，只是我沒想到會遇見妳，這樣一個女人，在這種情況下。」
望著阿帆，我做了一個決定：
「留下來陪我，陪我過現在，過最後。」
「我還是覺得我們合得來。」
「……」
「只是，為什麼愛得來的人合不來，合得來的人卻愛不來呢？」
「我不知道為什麼愛得人合不來，但我知道為什麼合得來的人愛不來。」

「為什麼？」

「因為你根本不想去愛。」

「是不應該吧。」

「因為她？」

「她是我決定離開的初衷。」

阿帆搖頭，又說：

「妳以為我能和我最好的朋友愛上同一個女人嗎？」

我嘆了一口氣，問：

「看過李心潔〈愛錯〉的MTV嗎？」

「嗯，我很喜歡。」

「我不想因為怕痛怕錯就不敢愛，我寧願愛錯也不要錯過。」

阿帆傾身抱住我，緊緊的。

「所以，我要你記住我。」

我沒有像〈愛錯〉裡的李心潔那樣對空鳴槍，我對阿帆開放我的身體，在我的房間裡，我讓他收留我的無助與孤單，因此我好像比較完整了。

天亮的時候阿帆起身，他在我頸間的凹陷處留下深深的一吻，因為那是人體最脆弱的部位，而阿帆一開始就先認識了我的脆弱。

或許真是一種註定吧。

離開的時候阿帆說了一句我愛妳，然後，關門。

從此我沒再見過阿帆。

嚴格說起來我對於這個男人一無所知，但我知道我不會忘記這個男人，因為我愛過，因為他在我最脆弱的時候出現，雖然還是愛錯。

我們相遇的時間只有短短的七十二個小時，我們相愛的時間甚至不到七十二個小時，但那又如何？愛情的深度從來就不是單憑長度來衡量的，我始終是這麼認為的。

相愛是如此短暫，而遺忘卻是如此漫長。

好陳腔爛調的一句話，我覺得；陳腔爛調的不是「愛情是如此短暫」，而是「遺忘卻是如此漫長」。

為什麼要遺忘？

◆之六

我一直沒見到阿勳，我不知道他是去哪裡了？什麼時候回來？我只知道我又失去了一個我原本以為沒可能會失去的……朋友？

阿勳把我們的手機都扔了，也可以說是把我們之間唯一的連繫剪斷了。

我這才發現，我對於阿勳竟然也幾乎可以說是一無所知。不，不是幾乎，而是真正的一無所知。

我不知道阿勳的家在哪裡？不知道阿勳來自於哪裡？我不知道……不知道阿勳的心丟在哪裡，他或許是去找他的心了，他或許也只是不想面對他的心。

沒有心，就沒有痛，不是嗎？

感覺好像過了好長好長的一段日子，又好像其實並沒有那麼漫長，而時間是凌晨四點半，或許是，或許不是，我不知道；我只知道阿勳好像回來了，我於是走出我的房間，我看到阿勳拉著行李，他正準備鎖上房門。

「沒想到還是被妳看見了。」

這是他開口的第一句話。

「連你也要走了嗎？」

阿勳低下頭沒說什麼，他從牛仔褲的後口袋拿出一只打火機，卻遍尋不著香菸，好一會，才難為情的說：

「我都忘了我已經戒菸了。」

『上次失戀的時候，我就決定要戒菸，想試看看是失戀苦還是戒菸苦。』

「為什麼不告訴我？」

「是妳一直沒發現我愛妳。」

「為什麼不告訴我？」

「因為那個時候妳一直愛著那個男人。」

「為什麼不告訴我？」

「然後阿帆出現了，我從妳看他的眼神就知道了，妳想要的人是他。」

「為什麼不告訴我？」

阿勳筆直的凝視著我，終於說：

「因為我知道妳不愛我。」

『因為被愛情傷得太重，所以心就乾脆關起來了。』

「謝謝你幫我完成一個願望。」
「嗯？」
「你在我面前哭，從來沒有男人在我面前哭過，我一直很想試看看那會是什麼感覺，就算那個男人不是因為我而哭也好。」
「聽我說……聽我、認真的說，如果我說能遇見妳真是太好了的話，那就太日劇也太做作了，但真的，幸好遇見妳了。」
我微笑，對著阿勳伸開雙手，並且借了阿帆的話，說：
「這個時候最需要的就是一個擁抱了。」
阿勳笑著走向我，緊緊的擁抱，沒有悸動，沒有費洛蒙，只有珍惜。
「有空的話回來看看我，別忘了還有個朋友在這裡思念你。」
「也幫我完成一個願望好嗎？」
「嗯？」
「Kiss goodbye，我一直很想有人和我 Kiss goodbye，就算那個人不愛我也好。」
Kiss goodbye。

≫寫給T≪

寫給T：

我在等待火車進站的同時，寫下這個故事的開端，作為這段感情的結束。

月台上的風，有點冷，而時序是秋末冬初，秋末冬初，正好是我最初認識T的時節；想來，這人世間的一切都是冥冥之中早有註定的吧！我始終是這麼以為的。

寫文字的這件事情，對我而言從來就不是困難，然而我究竟該如何正確的寫出我所眷戀過的T而不造成誤解呢？我沒有把握。

我對我的文字沒有把握，因為T，太特別；對我而言，我的T，太特別。

或許就從我想像中的T開始吧。

因為共同的朋友，我開始耳聞到關於T的種種話題，奉子成婚的年輕爸爸，閃電結婚，幽默風趣，玩世不恭……就是了！玩世不恭，這是我想像中的T，玩世不恭。

而時序是秋末冬初，只是當我真正見到T的本人時，季節已經轉換至隔年的炎夏。

一群人的聚會，鬧哄哄的，在台中精明區的一條隱密巷子裡，我們這群久違的朋友，相聚。

當我來到這家咖啡館時，他們早已經聊開來，在咖啡館的門口，放肆的大聲說笑著。

「怎麼不進去呢？」

下車，我走進那團熱鬧裡，和認識的臉孔敘舊，和不認識的臉孔寒暄，就是在這個時候，我第一次見到T。

「你真的是？」

T點點頭，笑容竟有些靦腆。

我是相當難以置信的，仔細的將本人的T和我想像中的他再比對一番。

T比我想像中的還要來得高大英挺，感覺完全與玩世不恭這四個字扯不上邊；總是沉默的多，並不是那種會害怕別人不知曉他的幽默感而聒聒噪噪說個不停的那種人，但一開口卻能引來哄堂的大笑，並且——

「好年輕哦！完全看不出來是當爸爸的人了喲！」

T還是笑，笑得更靦腆了些。這樣高大的男人，竟有這樣靦腆的笑。矛盾。

「我看過妳的書。」

這是T開口對我說的第一句話。

「我喜歡妳的文字。」

第二句。然後T伸出手來，我猶豫了三秒鐘，然後同他握手；我驚訝於它的溫暖厚實，才想試著回應些什麼感激的客套話時，T又說了：

「妳不像他們形容的那麼……」

「兇悍？難搞？」

我半挑釁的笑著問。

「唔……但其實他們說的也並不完全不正確嘛。」

這傢伙……

還想說些什麼的時候，主角姍姍來遲，於是所有人跟著他移駕到餐桌，我注意到T選了一個最不起眼的位子坐下，而我被久違的朋友們團團圍住，主角坐在我的身後、同樣被大夥圍著；熱鬧的重心從我們中間擴散，唇槍舌戰、互相毒舌，這是我們一貫的相處模式，也是他們每次聚會期待的重頭戲。

只是呀！只是他們都只看見了我的大聲說話用力歡笑，卻看不見我隱藏於伶牙俐齒下的孤單，我只是想，如果不是我的大聲說話用力歡笑，那麼我的存在也會隨之被忽略吧！

沒有了聲音沒有了笑容的我，真的還有存在的可能性嗎？

他知道我隱藏於內心深處的寂寞，可卻不知道該怎麼面對我的寂寞，我們的交集僅限於表面上的熱鬧，他只想要我的善於熱鬧、陪他熱鬧，卻不想觸及我的孤寂，儘管他知道我寂寞。

我一直好想問他，有時候，他會不會也寂寞？但我從來都只是想想而已；畢竟他，太遙不可及了！像是一場遠在天邊的美夢，看得到、可卻觸不到，而我究竟得花多少時間才能跟上他的腳步呢？我沒有把握。

多難得的聚會，分散於北中南的朋友，連同海外的，在這條曾經享有盛名而如今卻已凋零的隱密巷子內，相聚。

誰都沒有把握下一次又得等到多少年以後，或者應該說是，誰都沒有把握還可不可能再有下一次，於是我們提議續攤，去東海。

我一直和他走著，毒舌著，說笑著，在東海的校園裡，一群人，三三兩兩，嘻嘻哈哈，肆無旁人的歡笑。

突然，他停下了腳步，指著地面上一個形狀怪異的東西問道那是什麼？是時光盒哦！

有人回答，於是我們一行人團團圍住那所謂的時光盒，七嘴八舌的討論著。

之後我們又去了哪裡？聊了什麼？我完全性的忘記了，只記得那時光盒和當時並肩站在我身邊的他，就像是一幕電影的長鏡頭，作為那天難得的聚會裡回憶的終點，而當時，T並不在我記憶裡頭，只有他，遙不可及的，高高在上的，看得到可卻觸不到的，美夢。

寫給T：

除了把我和你的回憶忠實的記錄下來之外，我究竟還能為你做些什麼呢？

再相聚，再相聚卻彷彿已恍如隔世。

首先，我已經離開習慣了的台中，而獨自來到這個全然陌生的小鎮生活，其實也可以說是，我離開了習慣已久的孤寂，投入另一段全然陌生的孤寂裡。

而他，則是在眾人的期待之中，終於推出了新書，是巧合嗎？他真的遵守了當初許下的承諾；我不確定他是為了承諾於是出書？抑或為了出書於是承諾？但我知道，由於信守承諾，所以他絕不輕言承諾。

為了預祝他新書成功，於是我們又辦了一次聚會，在台中，繼那次炎夏之後的第三次，在台中。

為什麼選擇在台中呢？這個疑問始終存在於我的內心，可我卻問不出口。

怕是辦在台北的話妳就又不去了吧。

朋友說。但是，朋友懂什麼呢？朋友不懂我之所以不肯去台北那次聚會的原因，不在於距離的遙遠，而在於台北有她的存在，他的她；正如同朋友不懂這次之所以選在台中的原因，並不是因為有我的存在呀！

並不是呀！我都知道的，因為我早已經不在台中了！早離開了。

離開的不只是我長久依賴生存的台中，更是想離開那困住我好久的情境，那虛無縹緲的情境。

但還是回來了，還是想見一面，無論如何也想再見一面。

於是和同事調了班，搭上往北的火車，回台中。

下車，久違的台中。

到了目的地，場面出乎我意料之外的冷清，我的出現引來些許的熱鬧，但卻於事無補那原先的冷清。

他看起來有些累，有些倦，幾度試著想把話題引到我身上，引來熱鬧的氣氛，但我躲開，視若無睹，還有，冷眼旁觀。

怎麼我在他的心底，從來就只有炒作氣氛的作用嗎？他甚至連我會不會出現也太過放心的不問一聲！

怎麼他從來就這麼有把握？

為什麼要在台中？

這次的人數變少了，但我們敘舊的熱絡不減，還是老朋友好，真的，朋友還是老的好。

於是他一個人在台上獨撐全局，我們在台下熱熱鬧鬧的聊開來，兩極化的氣氛，讓我有種報復的快感。

就是在這個時候，我又看見T，依舊是在不起眼的角落安靜的坐著，四目交接，我們都有些錯愕。

我不知道你會來！

我們異口同聲，然後，笑。

「早知道的話我就多帶一瓶紅酒來送妳了。」

T說，我有些尷尬，因為我早忘了T曾經提過要送我紅酒的這件事。

視線左移，手裡拿著他剛出版的新書，我望了台上的他一眼，疲憊依舊，冷清依舊，只是他早放棄了拿我熱鬧的念頭；拿著書，我走向他，笑言道：

「簽名。」

「簽什麼好？」

我想了想，說：

「祝妳下一本新書大賣，如果還有下一本的話。」

他開心的笑著，但並沒有依照我的意思寫下，他低頭簽名，一貫的又關心起我寫作的近況。

「早不寫了。」

我說。我說謊。

「雖然這是小說界的一大損失。」

「妳的幽默還是這麼難懂呵！我真的捉不到妳的笑點欸。」

我們相視而笑，熟悉的感覺又回來了；有些人就是只合適當朋友，是吧？

剛好葵打電話來，要我在對面的咖啡館見面，我說好呀馬上就去；掛了電話，我問他：

「等一下你們會去晚餐嗎？」

「不要了吧！我好想睡覺。」

心往下沉，我在他的心中竟許是連朋友也不如的吧。

連一頓晚餐的時間也不值給的朋友。

「先走了，Bye。」

我對其他人說，他們一片錯愕，但我的腳步依舊倉促。

離開，我只想趕快離開。

「喂！他們在拍照了。」

離開之前我對T說。

「總得有個帥哥去美化鏡頭吧。」

T笑，還是靦腆的笑；望著T的笑容，我突然念頭一轉，於是問道：

「等一下要不要一起晚餐？」

「好呀，但——」

葵又來電催促，我這次只得真的馬上過去；走進咖啡館的時候，才想到——

我沒有任何T的聯絡方式呀！

算了吧！我想。算了吧。

然而，這人世間的一切都是冥冥之中早有註定的吧！

一個鐘頭之後，我看見他們一群人走進這家咖啡館，打過招呼、他們選了最裡頭的角落坐定。

我開始心不在焉。

「其實妳現在很想過去那裡吧？」

葵調侃的說，我只得傻笑以對，並且誠實的點頭。

葵是我最好的朋友，交往最久也最深的真心朋友，這樣的朋友從來就不會只看見了我的一面就獨斷的以為我便是她所看見的那種人；葵看過我最初的樣子，還有，我一路走來的改變，為什麼改變。

「永遠不要愛上一個妳愛他比他愛妳多的人哦！這樣很辛苦的。」

葵又說，語重心長的。

「我以前也這樣認為。」

「嗯？」

「但現在呀！我寧願身邊躺的是一個我愛他比他愛我多的人。」

「為什麼？」

「起碼爽的人是我呀！」

葵聽得哈哈大笑，正巧他走過來，在我身邊的位子坐下，哥兒們似的拍著我的肩膀，說：

「說話還是這麼粗魯呀！妳真的是女人嗎？」

「囉囉嗦嗦歐吉桑！我可不歸你管。」

「真的不寫了？」

他沒頭沒腦的又問。

什麼時候我寫不寫作變得這麼重要了？

「你真的要走了哦？」
「對呀，想回家睡覺。」
他又強調了一次。
真的不想就這樣離開呀！於是我拉著他的衣袖，撒嬌：
「可是我專程趕來看你欸！你就這樣回去未免也太對不起我了吧！」
「那妳這餐算我的吧。」
他捉起我桌上的帳單，真的就這樣走了。
真的拒絕得這樣明顯。
真的是連一頓晚餐也不值得他停留的朋友？

寂寞。

其他人陸續也要離開了，他們過來道別並且在等他的同時和我小聊幾句。
還是好寂寞，就算是被眾人圍繞著的時候，還是感覺好寂寞。
接著我看見T遠遠走來，於是我喊住他，問：

「嘿！還要不要一起晚餐？」

「好呀，那……」

「你等我一下，等她朋友來我們就走。」

於是T在我身邊坐下，同時他又走過來，為的是最後的道別，而不是停留。

他看看我，又看看坐在我身邊的T，像是在疑惑什麼似的，不等他開口，我便說了：

「我找到我的晚餐囉。」

他沒說什麼，只說了還有其他的台中人不是？何不一起晚餐？

「你真的不來？」

我最後問，真的是最後問。

「下次見了。」

他真的不來。

葵看了我一眼，沒有說什麼。

我只是在想，如果她問了的話，那麼我會據實以告，據實以告我真的好寂寞，我不要太早回到一個人的房子，我想要人陪，儘管那個人不是他也沒有所謂。

因為我，太寂寞。

葵的朋友來了，我們起身正打算離開，卻看到有人折了回來，說：聽說你們要去晚餐呀？

「聽誰說？」

他沒說，但答案盡在不言中。

三個人的晚餐，在美術館對街一家氣氛美好的咖啡館裡，臨時被叫來當陪客的那人一直試著找話題熱氣氛，我有時回應有時沉默，有時望著坐在我對面的T，發現他同樣心事重重，但我想或許只是他看上了方才為我們點餐的漂亮妹妹而故作憂鬱吧。

玩世不恭，我沒忘記對T最初的想像。

他怕我吃了T所以要你來看著我們嗎？

我以為我這麼問了，但是結果我沒有，我只是把餐後甜點推給那人，說是吃不下了。

有點冷，氣氛是，心也是；好尷尬的晚餐，三個人，白白壞了這美好的夜晚。

「走吧。」

我說，然後我們起身，付帳，離開。

和那人道別之後，我轉身對T說：送我去火車站吧。

「好呀！不過妳先告訴我這時候台中有哪裡可以喝酒嗎？」

「嗯？」

「我想喝酒，不想太早回家。」

不想太早回家？

「走吧！」

「嗯？」

「喝完酒再走呀！一個人喝酒很寂寞的。」

T笑了，這次笑得沒有靦腆，而是不經意的放心，不太明顯的。

原來T也寂寞，但，怎麼會？

怎麼會呢？T有妻有子，有錢有閒，怎麼會、還寂寞？

我帶T到華美西街的一家酒吧坐下，點了一桶啤酒，聽著吵死人的店內音樂，放鬆。

我們有一搭沒一搭的聊著，聊我在這裡度過的跨年夜，聊我們共同的朋友，氣氛並不熱絡，可卻放鬆。

突然的，T談起了他的妻，我想起早先曾經聽朋友說過，T的妻在懷孕時一直害怕孩子出世之後會被婆婆搶走於是精神狀況並不穩定……這方面的情形，於是我問：

「聽說她有產後憂鬱症呀？」

「其實並不單純只是這樣。」

「怎麼說？」

燈光昏暗，音樂吵雜，並且，微醺；四張椅子，兩張坐我們，兩張坐寂寞。

第一次，我看見男人的脆弱；女人脆弱的時候可以哭泣可以要安慰，那麼，男人呢？

T又燃起一根菸，開始細說他的妻，結婚之後才真正認識的，他的妻。

不完整的家庭，無所依靠的成長，養成她的缺乏安全感，並且，神經脆弱。

「有次我說好了要去接她，結果臨時被事情絆住了，打電話告訴她大概會晚一個小時左右到吧！不久我就接到她傳來的簡訊，她傳簡訊來問我，是要我逼她帶著我們的小孩去死嗎？」

「……」

「還有過幾次，忘了是什麼事情，結果我趕回家的時候，只看見她躺在房間的地板上，桌上擱著打開了的安眠藥。」

「全吞了？」

「沒有，只是表演吧。」

我忍不住笑了出來，雖然好像並不恰當，但T總算不再眉頭深鎖，試著也玩笑道：

「感覺好像變成瓊瑤劇裡的男主角了。」

「是驚世媳婦比較恰當吧！」

「還天天開心咧！」

T笑了，開心的笑，話題轉到他的小孩，眼角眉梢盡是慈愛，我望著T，雖然在我眼前的是興高采烈的談論著小孩的T，但我看見的卻是，靈魂被困在大人身體裡的孩子；這樣的人，怎麼能夠為人夫、為人父呢？

「為什麼當初不拿掉呢？讓一個生命困住另外兩個生命。」

「我從來沒想過要她拿掉小孩。」

「怕自責？」

「不是，因為我想要個家，我自己的家。」

我沉默。

「其實我們是很相似的兩個人，只是她的家庭破碎得明顯，而我的……多了個完整的假象。」

悲劇是會遺傳的！我在心底如此作想，卻開不了口。

還是個孩子，我看見的T，深藏在內心不願為外人所知的那個部分，長不大的，還是個孩子。

「餓不餓？」

「嗯？」

「要不要去吃蝦子？」

「可是酒還沒喝完哩。」

「管他的。」

管他的。

上車，發動引擎，打開音響，莫文蔚的〈Slowly〉緩緩流瀉車內。

「你也聽這種音樂呀？」

我一直以為T只聽重搖滾的。

「這不是我的，大概是早上載的那兩具屍體忘在這的吧。」

「屍體？」

「其中的那兩個小女生呀！一上車就睡死在後座，感覺真像在開靈車。」

壞嘴巴！

『慢慢走近你　感覺被什麼吸引
我想應該就是你　不該是我太多情
慢慢走近你　我們真的在一起
從今以後不愛哭　從今以後不怕輸
從今以後不再眷戀著回憶』

作詞：陳綺貞　作曲：林暐哲

莫文蔚的〈Slowly〉還沒唱完，我們就被路邊執行酒測的警察攔下。下車，酒測。

哇！你的酒精值很高耶。胖警察說。差一點就要吃上公共危險罪了，那是要移送法辦的你知道嗎？不只是扣車罰款而已囉。

我和T面面相覷，完了。

多久以前喝的？胖警察問。

我看了T一眼，軟言軟語的說：「一個小時以前吧！我們已經用一個小時來醒酒了耶。」

你們喝了多少呀！值還這麼高……都一小時過去了。

「唔……我的新陳代謝差嘛。」

我們相視一笑，胖警察也跟著笑，說：好吧！你去洗把臉漱個口，等一下再重新測一次。

洗臉，漱口，再測。

還是不行。胖警察搖搖頭，一副他忙已經幫到底了的表情；接著要了T的證件，開單，一邊還碎碎唸著：下次這樣的話，就讓女朋友開車嘛！

「抱歉抱歉，沒去考駕照是我的錯。」

T望著我，笑；盡在不言中。

就是嘛！無照駕駛罰得還比較輕哩。

解酒益吧！另一個警察也加入了話題，七嘴八舌的就這樣討論起來了。

拖吊車來了，車拖走，T收下紅單，那些警察最後還叮嚀我：要去考駕照哦。

「好。」

我笑著回答，但心裡想的卻是：干你屁事。

「怎麼辦？這下？」

望著逐漸遠離的T的車，我問。

「計畫照舊囉！我的女朋友。」

胖警察絕對怎麼也想不到，他的一句無心話語結果卻意外的拉近了我和T之間的距離，而我想不到的是，遇到了這種倒楣事的T，結果選擇排解鬱悶的方法竟是要玩得更開心！

我喜歡T這點。

氣氛熱絡了起來，開開心心的吃完蝦子，T又提議去Lion King。

「好呀，但我今天會不會穿得太樸素了？」

T定定的望著我，好久，才說：

「妳很有趣。」

「謝謝你的讚美，如果這是讚美的話。」

「我的意思是、為什麼妳會這麼沒自信呢？」

「因為沒本錢自信哪。」

「妳知道嗎？剛剛胖子說妳是我女朋友的時候，我幾乎感覺到一份驕傲。」

「什麼幾乎，本來就應該；我剛才只是試圖表現我的謙虛而已。」

T笑著牽起我的手，說：

「再不走就只能看Lion King散場了。」

感覺著T手心的溫度，我們前往Lion King。

進去之後才發現我想太多了！因為它在走馬燈上告示著今晚是老外之夜，但我們一致認為它廣告不實，因為不管怎麼看它明明就是台客之夜。

震耳欲聾的音樂，滿場的台客跳舞，我和T坐在二樓最角落的沙發上，說笑著，毒舌著；我喝長島冰茶，T依舊點了啤酒，杯子靠得好近，人也是。

好奇怪，此時此刻我的身邊只有T，但寂寞卻好像不見了。

心呢？

四點半，清場了。

走出Lion King，好冷。

去哪？我沒問，跟在T的身後坐上計程車。

「福華。」

T說。

我沉默著，或者應該說是，猶豫著；再自然不過了不是嗎？以擁抱來作為這夜快樂的句點。

福華飯店嗎？司機問。

無限的可能性在我們之間打轉，短暫的沉默之後，T改口，說了一個地址，轉頭對我說：「陪我去找朋友吧。」

為什麼要改口呢？

寫給T：

說不出口的，我只好將它寫下，例如，我們之間確實發生過的一切。

畢竟，除了我們，還有誰更清楚這其中的……我想，你應該懂的，這其中的……

回家之後，好累，可不想睡；洗了澡，在擦乾頭髮的同時，我突然想起當時在T的車內聽到的莫文蔚。

我翻出了那張CD，無論如何也有種想要把它聽清楚的念頭。

『慢慢走近你　感覺被什麼吸引
我想應該就是你　不該是我太多情
慢慢走近你　我們真的在一起
從今以後不愛哭　從今以後不怕輸
從今以後不再眷戀著過去

輕輕撥開了迷霧　眼前的路是幸福
慌亂之中也要把你看清楚
輕輕移開了腳步　眼前的路竟是孤獨
矇上眼睛也許就能把謊言都看清楚』

電話響起，是他，我只好關了音樂，接電話。
「真難得，竟能接到你 morning call 的電話，睡飽了嗎你？」
「妳是醒了還是沒睡呀？一大早就這樣伶牙俐嘴的。」
「是剛回來。」
他在電話那頭沉默，我在電話這頭不知所措。
「不要玩火，妳這是引火自焚。」

「你的幽默越來越難懂囉，我開始也找不到你的笑點了呢。」

「妳知道我在說什麼。」

「……」

「他只是玩玩吧！誰都看得出來。」

「真好玩，你又怎麼知道我是認真的。」

我聽見，聽見在電話那頭的他，沉重的嘆息。

「如果……如果我留下來晚餐的話，是不是結果就會不一樣了？」

「還不是一樣。」

「……」

「還不是第三者！差別只在於你還沒有結婚而已吧！」

「……」

「好好玩的感覺，或許我可以拿這題材寫個第三者的悲歌什麼的，你不是一直問我寫作——」

「不要這樣！」

「哪樣？」

「不要太任性好嗎？」

他軟了語氣，我掉了眼淚。

「不要讓我再重複好嗎？我不歸你管！不歸你管！」

「我是為妳好！」

「不要再口口聲聲說是為我好！如果你不知道怎麼對我好、你就永遠不要以為這是為我好！我不要你的好！不要！」

你給不了的、憑什麼也不准別人給？

摔了電話，好累。我把自己藏在棉被裡，哭泣。

一連好幾天，沒有了T的消息，不過這本來就在我的意料之中：本來都只是想玩玩的兩個人，打發了一夜的寂寞，留下一夜快樂的回憶，然後，然後就沒有然後了。

然而，我卻還是接到了T的電話，好幾天之後。

「我以為不可能會接到你的電話了耶。」

「小姐，那是因為妳自始至終沒給過我妳的電話了呀。」

「那你？」

「問了他們好久才終於有善心人士施捨我這個號碼，他們現在防我防得跟什麼一樣，奇怪我形象真有那麼糟糕嗎？」

我們笑著毒舌那些想像力太過豐富的朋友們，還有那天雖然好心卻未免太過囉嗦的胖警察，以及那些台客們……天南地北的聊著，回憶著，卻絕口不提後來，還有，未來。

『不要玩火，妳這是引火自焚。』

『他只是玩玩而已，誰都看得出來。』

「真可惜呀！那天有這麼漂亮的女朋友、又玩得那麼愉快，結果最後卻忘記擁別。」

『真好玩，你又怎麼知道我是認真的。』

「為什麼……那天要改口呢？」

「嗯？」

「為什麼不是直接去福華？為什麼最後卻要改口呢？」

我的問題竟教T也沉默了，好久，T才說：

「我想我還是有點怕妳吧！妳到底……太特別了！不像是我能夠擁有的美夢呀。」

「那只是假象吧。」

T笑了。

「我也在表演哦！表演兇悍、表演堅強、表演——」

「來墾丁。」

T說，來墾丁。

於是一個星期之後，我搭上往南的列車，去墾丁，而目的地是福華。

在往南的班車上，望著窗外急速掠過的景色，我只是在想，想他曾經說過的——

『不要太任性好嗎？』

不要、不要永遠只要求卻吝於付出，好嗎？我呢喃著，心卻平靜。

結束一段虛無的眷戀，投入另一段真實的擁有，儘管同樣是錯誤。

我只是想，我做事我自己會負責，然而我卻沒想到，其實有些事情、是我永遠負不了責任的！只是當時的我，管不了那麼多了，管不了了。

福華，面海的房間，久違的擁抱。

「終於得到我想要的了。」

我對著躺在身邊的T，說。

「我嗎？」

「也算吧。」

「也算吧？」

「真實的擁抱呀。」

「我也是哦。」

「少來，你每天都可以抱著漂亮的老婆睡覺不是？」

「我們分房好久了。」

不到一年的婚姻，卻已經走到這個地步……T，悲劇是會遺傳的，你知道嗎？

「她還好吧？」

「老樣子囉。」

「還是沉迷於表演驚世媳婦嗎？」

「去南灣吧，吹夜風看星星喝啤酒。」

換上了笑容，T說。

南灣。

人世間的一切都是冥冥之中早有註定的吧！

南灣，我最初的回憶，只是事過境遷的現在，同樣的海風，同樣的夜景，身邊依偎的卻是不同的人了。

天長地久，天長地久從來就不是我能夠擁有的幸福。

「真可惜，沒看過你最初的模樣。」

「我也沒看過妳最初的模樣呀。」

「這裡有我最初的樣子哦。」

「未免太過分了吧！我的女朋友，靠在我身邊卻想著別人，這樣很沒有禮貌哦。」

「才不是你想的那樣，不是他，我們之間乾乾淨淨的，什麼也沒有。」

「太晚了。」

「嗯？」

「我們相遇得太晚了。」

「我倒不這麼認為。」

「唔？」

「我們在對的時候遇見了。」

我們在對的時候遇見了，只是遇見的，是錯的人。
你懂我的意思嗎？能懂嗎？

「我很羨慕妳。」
「我有什麼好羨慕的？個性差、常寂寞。」
「那只是假象吧！妳在表演的假象吧。」
「……」
「看得出來哦！看得出來妳藏在文字底下真正的心情，只是我在想，哪個妳才是真正的妳呢？是文字底下的妳？還是大家所看到的妳？」
「你知道所謂的寫作是什麼嗎？」
「什麼？」
「所謂的寫作只是進行美化的動作罷了。」
「所以妳不寫了？」
「嗯？」
「那天妳告訴他的，妳說妳封筆了，我偷聽到的，很可惜呀！我真覺得，我很喜歡妳的文字的，這不是客套話也不是恭維哦。」
「誰曉得，現在不寫了並不代表以後就永遠不寫啦。」

「真狡猾。」

「離開了並不代表就不能再回去哦。」

T笑了，我們望著南灣的夜空，沒望見我們的未來。

未來的事誰能有把握呢？我們所能把握的只是我們都沒有把握。

寫給T：

有的時候，結束只是一種表象，因為有些東西是永遠不可能真正結束的。

例如愛情，或者思念。

接到葵的電話，她劈頭就抱怨上次她難得回台中結果卻撲了空沒見著我，還說怎麼最近電話老是通話中——

「是不是戀愛了？」

是不是戀愛了？我能回答是嗎？這是戀愛嗎？我竟也惘然了。
「怎麼樣才能算是戀愛？」
葵沒回答，葵反問：
「是上次那個男的吧？」
「嗯。」
「妳真的愛他嗎？」
「誰曉得。」
「誰曉得？」
「誰曉得愛情是什麼，我寫過那麼多的愛情故事，也好像愛過幾個人、被幾個人愛過，但坦白說我並不認為我知道愛情是什麼。」
「只是因為寂寞吧。」
「……」
「只是因為寂寞才和他在一起的吧。」
「不行嗎？」
「……」
「不然兩個人為什麼要在一起？非得要什麼高尚的理由嗎？我只是想要有人可以陪

我，只是這樣不行嗎？」

「知道嗎？我以前一直覺得妳被認為的狠、其實只是妳刻意表現出來的自我保護而已，但現在，我覺得妳是真的狠。」

「只因為我和別人的男人在一起？」

「她畢竟是無辜的。」

「我沒要他什麼，妳懂我意思嗎？我連愛這個字都不要求他說出口，我這樣算什麼狠？」

「不要太逞強好嗎？」

葵最後說。

不要太逞強好嗎？我也問我自己。

不好。因為我只有我自己，我不保護自己，我不習慣逞強，我，還能怎麼辦？

我努力做到不打擾T的生活，努力的不留下我存在過的痕跡，儘管我時時刻刻的思念著T。

起初我只是想要玩玩，我以為我能只是玩玩，能藉此驅走寂寞，但現在，我才知道，我錯得厲害。

我總是得用盡了力氣才能打消想要打電話給T的念頭，我所能做的只是等待，等T打電話來，讓我忘記寂寞，等T來，來找我，來擁抱我的寂寞。

我空洞的房間已經被滿溢的思念所佔據，我常常一個人抱住膝蓋蜷在角落裡，看著我空洞的房間、讓我滿溢的思念，佔據。

然而我思念的T，此時此刻卻可能正抱著寵著他的幼兒。

我承認這是我的自欺欺人，其實我真正想的是，此時此刻的T，可能正抱著他的妻，溫存。

而我，孤單。

我因為孤單而眷戀上T，但結果我卻依舊孤單。

自作自受。

我曾經告訴過T，離開了並不代表就不能再回去，但是我卻無法告訴我自己，跨出了，究竟還能不能再回頭？

不能，答案是不能，因為有些事情，錯過、就是錯過了。

我接到T打來的電話，時間是晚上，在T一早從我的公寓回去這天。

「她走了。」

我倒抽了一口氣，無法思考，難以置信。

「怎麼？我以為……我們——」

「不是妳想的那樣，不是。」T沉默了好久，才得以儘量平靜的說：

「是在去買東西的途中車禍，當場……」

「不是你的錯。」

「如果我在家的話，她就不用……」

T哽咽。

「不是你的錯。」

「只要一想到她走的那個時候，那麼痛苦、那麼無助，但我卻是正抱著妳——」

T還是哭了，像個犯了錯的孩子似的，哭泣。

掛上電話，我買了南下的火車票，立刻出發，我想儘快趕去陪T，想握著他的手，想親口告訴他，不是他的錯，還有，他不是一個人。

四個小時的車程，下了火車站之後，我撥了電話給T，我沒有告訴T我已經到來的事，只是問他：

「過去陪你好不好？」

「我想一個人靜一靜。」

「一個人?」

「對不起，我現在沒有辦法說話。」

然後T掛了電話，我獨自在火車站，孤獨。

我找了家最近的咖啡館坐下，好冷，這才注意到時序已經進入秋末冬初。

秋末冬初。

認識T的那個秋末冬初，我沒想過我會見到他。

戀上T的那個秋末冬初，我曾想過我們或許可以一直這樣下去，一直，這樣下去;

就像那個形狀怪異的時間盒那樣，一直一直的不改變。

不變。

那麼，這個秋末冬初呢?T說他想一個人靜一靜，靜一靜。

在我以為他最需要我的時候，T說，他想一個人，一個人。

走吧。我告訴自己。

走到櫃檯買單時，卻聽到店內音樂緩緩播放著莫文蔚的〈Slowly〉。

「再一杯熱咖啡。」

我改口。

『慢慢走近你　感覺被什麼吸引
我想應該就是你　不該是我太多情
慢慢走近你　我們真的在一起
從今以後不愛哭　從今以後不怕輸
從今以後不再眷戀著過去

輕輕撥開了迷霧　眼前的路是幸福
慌亂之中也要把你看清楚
輕輕移開了腳步　眼前的路竟是孤獨
矇上眼睛也許就能把謊言都看清楚

慢慢離開你　拒絕你溫柔邀請
我要試著不想起　還有她在等著你
慢慢離開你　就當還是在一起
從今以後不愛哭　從今以後不怕輸
從今以後我會眷戀著回憶

從今以後不再欺騙我自己』

終於把這首歌聽完了。

終於，結束了。

時節是秋末冬初，在火車站附近的咖啡館裡，我，一個人，流淚。

天亮之前決定不愛你。突然想起曾經聽說過的這句話。

走出咖啡館的時候，我回頭望了咖啡館裡最角落的那個位子，彷彿看見了方才我的、孤單的、身影；突然有種無論如何也想打電話給誰的念頭，於是我按下了好久好久沒碰過的那個按鍵——

「是我。」

「真難得，認識那麼久以來這還是妳頭一次主動打電話給我呢！」

聽著熟悉的聲音，久違的挖苦，我不禁也啞然失笑了。

「沒吵到你吧？」

「剛好沒有，正巧我本來就打算熬夜了……怎麼啦？」

怎麼啦？我也問我自己。

「還是朋友嗎？我們。」

「當然，而且是一輩子的那種。」

「好倒楣的感覺。」

他在電話那頭笑著，他或許猜到了我們的結束，儘管我並沒有說。

因為他懂我，他懂的不只是我的寂寞，還有，懂我的脆弱。

「快天亮了呢。」

天亮之前決定不愛你。

「妳現在在做什麼？」

「等火車。」

「還好吧？」

「還好吧，雖然繞了一大圈，結果卻還是變成一個人了，說真的、我會不會就這樣一直孤單下去呢？」

「寂寞的時候隨時打電話來，別忘了還有我這個朋友在。」

「真難得你用這種溫柔的口氣對我說話。」

「我只是把剛寫下來的對白唸一次而已，別想太多。」

「你還是這麼惹人厭欸。」

「謝謝妳的讚美，如果那是讚美的話。」

「不客氣。」

「問妳一個問題。」

「什麼？」

「還記不記得我們是怎麼認識的？」

「記得。」

因為寫作。

「這就是為什麼我希望妳能繼續寫下去的原因。」

「……」

「祝妳下一本新書大賣，如果妳還有下一本的話。」

忍不住我還是笑了，笑得眼淚都掉下來了。

掛上電話之後，我獨自等待第一班北上的火車，而月台上的風，有點冷。

「我羨慕妳的善用文字，有時候我也很想嘗試寫作，寫一本我自己的書，用我的文字。」

在往北的列車上，我突然想起和T的這段對話。

「但我不知道該怎麼寫，所謂的寫作對我而言總是感覺很陌生。」

「對我而言，寫作就是這麼一回事。」

「嗯？」

你會知道的，我說的是什麼。

寂寞，無上限／橘子作. — 貳版
— 臺北市：春天出版國際, 2008. 04
面；　公分. —（橘子作品集；4）
ISBN 978-986-6675-26-3（平裝）
857.7　　　　　97005701
國家圖書館出版品預行編目資料

寂寞，無上限

橘子作品集 4

作　　者◎橘子
企劃主編◎莊宜勳
封面設計◎克里斯

發 行 人◎蘇彥誠
出 版 者◎春天出版國際文化有限公司
地　　址◎台北市忠孝東路四段303號4樓之一
電　　話◎02-2721-9302
傳　　真◎02-2721-9674
E-mail　◎frank.spring@msa.hinet.net
網　　址◎http://www.bookspring.com.tw
部 落 格◎http://blog.pixnet.net/bookspring
郵政帳號◎19705538
戶　　名◎春天出版國際文化有限公司
法律顧問◎蕭顯忠律師事務所
出版日期◎二〇〇八年五月初版一刷
　　　　　二〇一二年五月初版四十四刷
定　　價◎220元

總 經 銷◎楨德圖書事業有限公司
地　　址◎台北縣新店市復興路45號3樓
電　　話◎02-2219-2839
傳　　真◎02-8667-2510
排　　版◎浩瀚電腦排版股份有限公司
印 刷 所◎鴻霖印刷傳媒股份有限公司

ISBN 978-986-6675-26-3
Printed in Taiwan